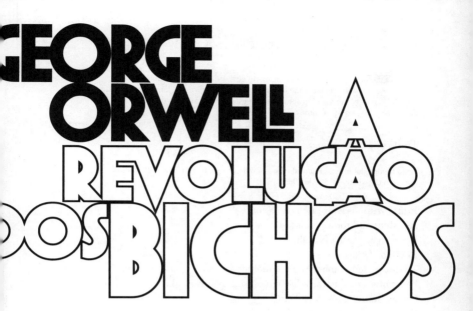

GEORGE ORWELL
A REVOLUÇÃO DOS BICHOS

tradução:
Petê Rissatti

apresentação:
Orlando Calheiros

BIBLIOTECA AZUL

Copyright da tradução © Editora Globo S.A. 2021

Todos os direitos reservados. Nenhuma parte desta edição pode ser utilizada ou reproduzida – em qualquer meio ou forma, seja mecânico ou eletrônico, fotocópia, gravação etc. – nem apropriada ou estocada em sistema de bancos de dados, sem a expressa autorização da editora.

Título original: *Animal Farm*

Texto fixado conforme as regras do novo Acordo Ortográfico da Língua Portuguesa (Decreto Legislativo n° 54, de 1995).

Editor responsável: Lucas de Sena
Assistente editorial: Jaciara Lima
Preparação: Erika Nakahata
Revisão: Thiago Lins
Tradução de poemas: Ana Guadalupe
Diagramação: Ilustrarte Design e Produção Editorial
Capa: Delfin [Studio DelRey]
Ilustração de capa: Olavo Costa
Imagem do autor no miolo: Orwell on the beach, 1934 - Collings, D./UCL Special Collections Digital Gallery.

1ª edição, 2021.
2ª reimpressão, 2021.

CIP-BRASIL. CATALOGAÇÃO NA PUBLICAÇÃO
SINDICATO NACIONAL DOS EDITORES DE LIVROS, RJ

O89r

Orwell, George, 1903-1950

    A revolução dos bichos / George Orwell ; tradução Petê Rissatti ; apresentação Orlando Calheiros. - 1. ed. - Rio de Janeiro : Biblioteca Azul, 2021.
    128 p. ; 21 cm.

    Tradução de: Animal farm
    ISBN 978-65-5830-031-1

    1. Ficção inglesa. I. Rissatti, Petê. II. Calheiros, Orlando. III. Título.

20-67433	CDD: 823
	CDU: 82-3(410)

Meri Gleice Rodrigues de Souza - Bibliotecária - CRB-7/6439

Direitos reservados a
Editora Globo S. A.
Rua Marquês de Pombal, 25 – 20230-240
Rio de Janeiro – RJ
www.globolivros.com.br

SUMÁRIO

Apresentação 7

A revolução dos bichos 15

Sobre o autor 125

APRESENTAÇÃO
Orlando Calheiros

A CERTA ALTURA DE SUA CARREIRA, o influente dramaturgo italiano Carmelo Bene se pôs a adaptar clássicos de Shakespeare. No entanto, não se tratava — digamos — de uma adaptação habitual, dessas cujo intuito é simplesmente atualizar a obra, torná-la "executável" em um determinado contexto, ao mesmo tempo que preserva seus elementos fundamentais, seu intuito original. Bene procedia por meio de uma fórmula radical, avançava por subtração, amputando da peça original alguns desses elementos fundamentais. De *Romeu e Julieta*, por exemplo, expurgou o galante Romeu, matando-o precocemente. Tratava-se de um experimento, dizia, caso pensado. Não tinha a pretensão de melhorar a obra de Shakespeare, mas de observar (e descrever) como o restante da peça, os demais personagens, sobretudo, se adaptariam para preencher a ausência do elemento extinto. A subtração operada por Bene, então, se desdobrava em um projeto de lapidação, fazendo emergir uma forma insuspeita, um novo sentido, uma nova obra, do substrato original. Voltando ao caso de *Romeu e Julieta*, na adaptação de Bene, Mercúrio não apenas sobrevivia ao embate com Teobaldo — sua morte (e a do próprio Teobaldo) é um ponto crucial da história original, causa do exílio de Romeu — como se tornava um dos protagonistas da nova peça, dando todo um novo sentido à disputa dos Capuleto e Montéquio.

Mas por que começar uma apresentação deste clássico de George Orwell falando do teatro de Carmelo Bene? A resposta curta seria: trata-se de um convite. Sim, gostaria de convidar o leitor, a leitora, a fazer algo semelhante, um experimento. Um experimento com *A revolução dos bichos*, um experimento que visa a uma certa experiência: que coloquemos de lado, ao menos temporariamente, um dos seus elementos fundamentais, permitindo que a obra se torne efetivamente outra durante a leitura.

Para que o motivo do meu convite se torne claro, é preciso efetivamente apresentar a obra, afinal, trata-se "apenas" de um dos livros mais influentes do século xx. Tão influente que foi utilizado como instrumento de propaganda política durante a Guerra Fria.*
E isso nos coloca diante daquele impasse típico das apresentações das grandes obras: ou nos lançamos em um esforço hercúleo (talvez impossível) para escrever algo realmente inédito sobre ela; ou compilamos a fortuna crítica da obra, apontando suas interpretações mais usuais, apresentando os debates que se formaram ao seu redor. Existe, ainda, uma terceira possibilidade, que seria falar sobre o seu autor, sua vida, suas aspirações, e o impacto no livro.

---

* Em meados da década de 1950, a cia chegou a lançar milhões de balões com cópias deste livro sobre o território soviético. O intuito, diziam, era reforçar "as predisposições para a liberdade cultural e intelectual e a insatisfação com a sua ausência". Em tempo, interessante notar que a expressão "Guerra Fria" foi cunhada pelo próprio Orwell em um artigo no jornal *Tribune* chamado "You and the Atomic Bomb".

Poderíamos começar, então, pelo mais básico e dizer que *A revolução dos bichos* é um romance satírico publicado em 1945, na Inglaterra. E isso nos levaria a questionar: uma sátira do quê? Bem, Orwell sempre foi muito claro quanto a isso. *A revolução dos bichos* é uma crítica ao stalinismo, regime político que comandou a URSS de 1920 a 1953, cuja figura central era, como o próprio nome diz, Joseph Stalin. E vejam, leitores, leitoras, que não faltam exemplos desse intento no livro. Não apenas o porco Napoleão é uma alusão clara à figura do próprio Stalin, como a narrativa e seus eventos são representações de acontecimentos históricos, como a fome de 32, a Conferência de Teerã e o exílio de seu maior opositor político, Trótski (aqui, representando por outro porco, Bola de Neve). Teríamos assim a brecha necessária, inclusive, para falar da vida do autor e daquilo que motivou a obra. Por exemplo, dizer que Orwell — em suas próprias palavras — atacava o "mito comunista" na esperança de "reviver o movimento socialista". Mas isso não é tudo. Poderíamos falar que escreveu, ainda, motivado pela sua própria experiência com as tropas comunistas durante a Guerra Civil Espanhola.*

E nesse momento perceberíamos que a apresentação do livro virou uma apresentação do seu contexto histórico e do seu subtexto político. E isso, imagino, pode ser um tanto assustador para os leitores e leitoras de primeira viagem. Talvez fique a amarga sensação de que é preciso um diploma de historiador ou de sociólogo, ou, mais ainda, uma especialização no contexto político do período entreguerras europeu, para compreender adequadamente o livro. Pior do que isso, talvez essa apresentação histórico-política

---

* Orwell participou do conflito ao lado do POUM — grupo revolucionário de inspiração trotskista — e, por essa razão, acabou sendo perseguido por grupos de stalinistas espanhóis.

se desdobre em um sentimento de "desconexão", de que se trata de uma obra ultrapassada, um relato sobre um período já superado da história mundial.

Jamais!

Contudo, como escapar disso?

Retomo o convite. E se, como Carmelo Bene, amputássemos todo esse contexto e subtexto — seus elementos originais — do nosso entendimento apenas para observar aquilo que emerge como resultado? Dito de outra forma, que tipo de livro teríamos em mãos se tudo de que dispuséssemos para compreendê-lo estivesse contido em suas páginas? Inclusive, poderíamos justificar o nosso empreendimento citando o próprio Orwell, que não gostava de comentar a obra alegando que "se ela não falar por si mesma, é porque fracassou".[*]

E tudo que não se pode dizer sobre esta obra é que ela "fracassou".

E o que temos aqui? O que a obra nos fala "por si mesma"?

No princípio? Um ensaio sobre a ideia de liberdade, a verdadeira liberdade. Temos o sonho profético do varrão velho Major que nos diz que "todos os homens são inimigos, todos os bichos são camaradas", nos convidando a imaginar um mundo onde os seres, todos eles, uma vez libertos da opressão representada pelos humanos — daqueles que nada produzem e tudo consomem —, poderão viver plenamente a sua própria natureza. E esse me parece um ponto crucial. Trata-se de um mundo onde os seres poderão viver segundo seus próprios desígnios. Como diz o livro, um mundo onde todos os ovos das galinhas se tornarão pintinhos, onde os jovens leitões se tornarão varrões. Um mundo, enfim, onde os animais poderão morrer de forma natural — "no fim, nenhum bicho escapa

---

[*] Prefácio da primeira edição ucraniana, de 1947.

da faca cruel". E que o leitor, e a leitora, se atente para o fato de que o mundo prometido pelo velho Major não é um mundo destituído de diferenças — onde tão somente os iguais convivem entre si. Trata-se de um mundo onde a felicidade e a liberdade (termos indissociáveis) só podem ser alcançadas por meio do convívio e da colaboração entre os diferentes.

Nas suas próprias palavras: "Fracos ou fortes, espertos ou simples, somos todos irmãos. Todos os bichos são iguais".

Não é por outro motivo que todo o processo de libertação e os primeiros dias da gloriosa revolução animal sejam marcados pela colaboração entre os diferentes. A primeira colheita, quando todos os animais se ajudam — e "até os patos e galinhas deram duro para lá e para cá o dia todo sob o sol, carregando minúsculos tufos de feno em seus bicos" —, é realizada em tempo recorde. Mais do que isso, como a distribuição é igualitária, todos recebem e comem o que lhes é devido. Não há mais fome!

Contudo, nesse ponto, a obra também nos fala sobre as diferenças que não podem ser aceitas, aquelas que, justamente, inscrevem a hierarquia entre os humanos (duas patas) e os animais (quatro patas): a capacidade de se aproveitar de outrem e condicionar a sua vida. Nas palavras do velho Major, "lembrem-se sempre de seu dever de inimizade para com o Homem e todos os seus métodos". E é justamente nesse momento, quando alguns animais se tornam capazes de se aproveitar dos outros, que vemos a hierarquia entre oprimidos e opressores se reestabelecer gradualmente, e em termos ainda mais cruéis do que os anteriores.

O ensaio sobre a liberdade se torna, então, um aviso, uma advertência sobre como ela desaparece sob o jugo da exploração — o totalitarismo é apenas a forma mais acabada desse processo. O diagnóstico de Orwell é preciso: a emergência de uma hierarquia entre os animais não é um evento isolado, um acontecimento espetacular, mas um processo gradual em que a vida na Fazenda dos Bichos se transforma como um todo. A alegria desaparece e dá lugar ao desespero; a sensação de liberdade dá lugar ao medo, à paranoia. Observamos como a própria memória dos animais vai sendo transformada gradualmente por informações falsas. Nesse ponto, percebemos que os bichos não são manipulados por conta da ignorância — afinal, eles estavam lá, viram como tudo se passou —, mas pelo desejo (ainda que inconsciente) de acreditar na palavra dos opressores.

E isso é assustador!

Assustador, pois, ao amputarmos do nosso entendimento o contexto e o subtexto originais da obra, não apenas a tornamos mais acessível, como a reativamos no e para o presente. Dessa forma, é praticamente impossível ler *A revolução dos bichos* sem traçar paralelos imediatos com a nossa época. Como olhar para as ovelhas, que repetem as palavras escolhidas pelos porcos, sem se lembrar das máquinas contemporâneas de desinformação e manipulação em massa? Ainda, daqueles e daquelas que as replicam diariamente sem perceber seus efeitos nocivos? (Este foi o pecado do nobre Sansão.) Como não ver o passado da fazenda (e da revolução) sendo alterado sem se lembrar do negacionismo científico e do revisionismo histórico que tentam nos convencer, por exemplo, de que as vacinas nos causam mal? Como observar o crescimento da paranoia entre os animais sem se lembrar da paranoia que cresce entre nós, estimulada por políticos populistas e grupos autoritários? Estamos sempre com medo de algo, pois há sempre um inimigo responsável pelos nossos infortúnios, dizem aqueles que — pura coincidência — se vendem como antídoto.

Contudo, o mais assustador é o aviso de que é preciso estar à espreita, sempre. É preciso estar à espreita não apenas para não sucumbir às estratégias daqueles que nos oprimem, mas para que nós mesmos não nos tornemos opressores. "Não devemos nos assemelhar a ele", dizia o velho Major, referindo-se aos que caminham sobre duas patas, que se levantam sobre os demais e se sentem no direito de oprimi-los, ainda que em nome das boas causas. E essa opressão, em nome das boas causas, é, talvez, a mensagem atemporal deste livro. Há sempre uma "boa causa" em jogo, é preciso estar à espreita, também sempre, para que ela não seja mais um instrumento de dominação.

A potência desse aviso é, sem dúvida, a prova de que este livro, sua leitura ou releitura, no presente, nos interessa. Como dizia o velho Major, "ao lutar contra o Homem, não devemos nos assemelhar a ele. Mesmo quando vocês o conquistarem, não adotem seus vícios".

Não podemos nos esquecer dessas palavras, é preciso estar à espreita!

Orlando Calheiros é doutor em antropologia social, foi assessor da Comissão Nacional da Verdade e pesquisador do Programa das Nações Unidas para o Desenvolvimento. Nos últimos anos, vem se dedicando à divulgação científica e produção de conteúdo para as redes sociais comprometido com a promoção dos direitos humanos. Apresenta os podcasts Benzina e PopCult.

CAPÍTULO 1

O SR. JONES, DA Fazenda do Solar, trancou o galinheiro quando a noite chegou, mas estava bêbado demais para se lembrar de fechar as portinholas. Cambaleou pelo pátio com o facho de luz do lampião dançando de um lado para o outro, tirou as botas, chutando-as para trás da porta dos fundos, tomou um último copo de cerveja do barril na copa e foi para a cama, onde a sra. Jones já ressonava.

Assim que a luz do quarto se apagou, houve uma agitação e um farfalhar por todos os galpões da fazenda. Durante o dia, correra o boato de que o velho Major, um porco middle white premiado, tivera um sonho estranho na noite anterior e queria comunicá-lo aos outros animais. Ficou acordado que todos deveriam se encontrar no grande celeiro assim que o sr. Jones fosse dormir. O velho Major (sempre fora chamado assim, embora fosse exposto nas premiações como "Belo de Willingdon") era tido em tão alta conta que todos estavam dispostos a perder uma hora de sono para ouvir o que ele tinha a dizer.

Ao fundo do grande celeiro, sobre uma espécie de estrado, Major já estava acomodado em sua cama de palha, embaixo de um lampião que pendia de uma das vigas. Ele tinha doze anos de idade e, nos últimos tempos, estava bastante corpulento, mas ainda era um porco de aparência majestosa, com um ar sábio e benevolente, ainda que suas presas nunca tivessem sido cortadas. Logo os outros animais começaram a chegar e se acomodar, cada qual a seu jeito. Primeiro vieram os três cachorros, Florzinha, Jessie e Miúdo, e depois os porcos, que se assentaram na palha bem diante do estrado. As galinhas empoleiraram-se no parapeito das janelas, os pombos revoavam pelos caibros do telhado, as ovelhas e vacas se deitaram atrás dos porcos e começaram a ruminar. Os dois cavalos de tração, Cravo e Canela, chegaram juntos, caminhando bem devagar, e se abaixaram com suas patas peludas, tomando muito cuidado para não pisar em algum animal escondido na palha. Canela era uma égua robusta, maternal, já chegada à meia-idade, que nunca mais voltou à sua silhueta anterior depois do nascimento do quarto potrinho. Cravo era um animal enorme, com quase um metro e noventa de altura e a força de dois cavalos medianos juntos. Uma faixa branca no nariz lhe conferia uma aparência um tanto estúpida, e, de fato, ele não tinha uma inteligência primorosa, mas era bastante respeitado por sua retidão de caráter e pela imensa capacidade para trabalhar. Depois dos cavalos chegaram Muriel, a cabra branca, e Benjamin, o burro. Benjamin era o animal mais velho da fazenda e o de pior temperamento. Raramente falava e, quando o fazia, em geral era para proferir alguma observação cínica — por exemplo, que Deus lhe dera uma cauda para espantar as moscas, mas que melhor seria não ter a cauda nem as moscas. Era o único dos animais da fazenda que nunca sorria. Quando lhe perguntavam o porquê, dizia não ter motivo para ficar rindo. Apesar disso, embora não admitisse, sentia certa afeição por Cravo; ambos costumavam passar os domingos juntos no pequeno cercado que ficava atrás do pomar, pastando lado a lado em silêncio.

Os dois cavalos tinham acabado de se deitar quando uma ninhada de patinhos, que havia perdido a mãe, entrou no celeiro, piando baixinho e vagando de um lado para o outro em busca de um lugar onde não fossem pisoteados. Canela fez uma espécie de barreira em torno deles com sua grande pata dianteira, e os patinhos se aninharam dentro dela e logo adormeceram. No último momento, Mollie, a tola e bela égua branca que puxa a carruagem de duas rodas do sr. Jones, entrou requebrando delicadamente e mascando um torrão de açúcar. Sentou-se bem à frente e começou a sacudir a crina branca, na esperança de chamar a atenção para as fitas vermelhas com que estava trançada. Por último, veio a gata, que olhou em volta, como sempre em busca do lugar mais quentinho, e por fim se espremeu entre Cravo e Canela; lá ronronou satisfeita durante todo o discurso do Major, sem ouvir uma palavra do que ele dizia.

Todos os animais estavam presentes, exceto Moisés, o corvo domesticado que dormia em um poleiro atrás da porta dos fundos. Quando o Major viu que todos estavam acomodados e esperavam com atenção, pigarreou e começou:

— Camaradas, vocês já ouviram falar do estranho sonho que tive ontem à noite. Entretanto, voltarei ao sonho mais tarde. Antes, tenho algumas coisas a dizer. Não creio, camaradas, que estarei com vocês por muitos meses mais e, antes de morrer, sinto que é meu dever transmitir-lhes a sabedoria que adquiri. Tive uma vida longa, muito tempo para pensar enquanto estava deitado sozinho em minha baia, e acho que posso dizer que entendo a natureza da vida nesta terra tão bem quanto qualquer bicho que vive agora. É disso que desejo falar com vocês.

"Agora, camaradas, qual é a natureza desta nossa vida? Vamos enfrentar a realidade: nossa vida é miserável, laboriosa e curta. Nascemos, recebemos apenas a quantidade de comida necessária para nos mantermos respirando, e aqueles de nós capazes disso são forçados a trabalhar até o fim de nossas forças; e no mesmo instante em que nossa utilidade acaba, somos massacrados com horrível crueldade. Nenhum bicho na Inglaterra conhece o significado de felicidade ou lazer depois de um ano de idade. Nenhum bicho na Inglaterra é livre. A vida de um bicho se resume a miséria e escravidão — essa é a pura verdade.

"Mas isso é simplesmente parte da ordem da natureza? Será que esta nossa terra é tão pobre que não pode proporcionar uma vida decente aos seus habitantes? Não, camaradas, mil vezes não! O solo da Inglaterra é fértil, seu clima é bom, ela pode oferecer alimentos em abundância a um número muitíssimo maior de bichos do que agora abriga. Esta nossa fazenda comportaria uma dúzia de cavalos, vinte vacas, centenas de ovelhas, e todos vivendo com um conforto e dignidade que agora estão quase além de nossa imaginação. Por que então continuamos nesta condição miserável? Porque quase todo o produto do nosso esforço nos é roubado pelos seres humanos. Aí está, camaradas, a resposta para todos os nossos problemas. Resume-se a uma única palavra: Homem. O Homem é o único inimigo real que temos. Retira-se o Homem de cena, e a causa principal da fome e do excesso de trabalho desaparecerá para sempre.

"O Homem é a única criatura que consome sem produzir. Ele não dá leite, não bota ovos, é fraco demais para puxar o arado, não corre rápido o suficiente para pegar coelhos. No entanto, é o senhor de todos os bichos. Ele os põe para trabalhar, devolve a eles o mínimo para que não morram de fome, e o resto guarda para si mesmo. Nosso trabalho lavra o solo, nosso esterco o fertiliza, e, no entanto, nenhum de nós possui mais do que a própria pele. Vocês, vacas que vejo diante de mim, quantos milhares de litros de leite deram durante esse último ano? E o que aconteceu com aquele leite que deveria estar alimentando bezerros robustos? Cada gota desceu pela garganta de nossos inimigos. E vocês, galinhas, quantos ovos puseram nesse último ano, e quantos desses ovos se transformaram em pintinhos? O restante foi para o mercado, para trazer dinheiro a Jones e seus homens. E você, Canela, onde estão aqueles quatro potrinhos que gerou, que deveriam ser o apoio e o prazer da sua velhice? Cada um foi vendido com um ano de idade, você nunca mais voltará a ver nenhum deles. Em troca de seus quatro partos e todo seu trabalho no campo, o que você já recebeu, exceto sua ração e uma baia?

"E por mais miserável que nossa vida seja, não conseguimos chegar ao fim dela de forma natural. Por mim, não me queixo, pois sou um dos que tiveram sorte. Estou com doze anos e conto mais de quatrocentos filhos. Essa é a vida natural de um porco. Mas, no fim, nenhum bicho escapa da faca cruel. Vocês, jovens porquinhos que estão sentados na minha frente, cada um de vocês vai guinchar pela própria vida, no cepo, dentro de um ano. Todos passaremos por esse horror — vacas, porcos, galinhas, ovelhas, todos. Mesmo cavalos e cães não terão destino melhor. Você, Cravo, no mesmo dia em que esses seus grandes músculos perderem a força, Jones o venderá ao carniceiro, que cortará sua garganta e o ferverá para servir aos cães de caça. Quanto aos cachorros, quando ficam velhos e desdentados, Jones lhes amarra um tijolo no pescoço e os afoga no lago mais próximo.

"Não está claro, então, camaradas, que todos os males desta nossa vida provêm da tirania dos seres humanos? Só se nos livrarmos do Homem o produto de nosso trabalho será realmente nosso. Quase da noite para o dia, poderíamos ficar ricos e livres. O que devemos fazer então? Ora, trabalhar noite e dia, de corpo e alma, para derrubar a raça humana! Esta é a minha mensagem para vocês, camaradas: Rebelião! Não sei quando ela virá, pode ser em uma semana ou em cem anos, mas sei, com a mesma certeza com que vejo esta palha sob meus pés, que mais cedo ou mais tarde a justiça será feita. Mantenham os olhos fixos nisso, camaradas, pelo breve resto de suas vidas! E, acima de tudo, repassem esta minha mensagem aos que vierem depois de vocês, para que as gerações futuras continuem a luta até que sejam vitoriosas.

"E lembrem-se, camaradas, sua resolução nunca deve fraquejar. Nenhum argumento deve desviá-los de suas decisões. Nunca deem ouvidos quando lhes disserem que o Homem e os bichos têm um interesse comum, que a prosperidade de um é a prosperidade do outro. É tudo mentira. O Homem não serve aos interesses de nenhuma criatura além de si próprio. Que entre nós, os bichos, haja uma perfeita unidade, uma perfeita camaradagem na luta. Todos os homens são inimigos. Todos os bichos são camaradas."

Nesse momento, houve um alvoroço tremendo. Enquanto o Major falava, quatro grandes ratos haviam rastejado para fora das tocas e estavam sentados sobre as patas traseiras, ouvindo-o. Os cães os avistaram de repente, e apenas porque arrancaram depressa de volta para suas tocas conseguiram se salvar. Major ergueu a pata, pedindo silêncio.

— Camaradas — disse ele —, temos um ponto que precisa ser resolvido. Criaturas selvagens, como ratos e coelhos, são nossos amigos ou inimigos? Vamos colocar esse assunto em votação. Proponho esta pergunta para a reunião: os ratos são camaradas?

A votação foi realizada imediatamente, e a esmagadora maioria concordou que os ratos eram camaradas. Havia apenas quatro votos contra, dos três cães e da gata, que depois se descobriu ter votado em ambos os lados. Major continuou:

— Tenho mais uma coisa a dizer. Apenas repito, lembrem-se sempre de seu dever de inimizade para com o Homem e todos os seus métodos. Tudo o que anda sobre duas pernas é um inimigo. Tudo o que anda sobre quatro patas ou tem asas é amigo. E lembrem-se também de que, ao lutar contra o Homem, não devemos nos assemelhar a ele. Mesmo quando vocês o conquistarem, não adotem seus vícios. Nenhum bicho deve viver em uma casa, dormir em uma cama, usar roupas, beber álcool, fumar tabaco, tocar em dinheiro ou se envolver em comércio. Todos os hábitos do Homem são maus. E, acima de tudo, nenhum bicho deve jamais tornar-se tirano de outros. Fracos ou fortes, espertos ou simples, somos todos irmãos. Nenhum bicho deve jamais matar outro. Todos os bichos são iguais.

"E agora, camaradas, vou lhes contar sobre meu sonho da noite passada. Não consigo descrevê-lo a vocês. Foi um sonho de como será o mundo quando o Homem desaparecer. Mas me lembrou de algo que há muito eu esquecera. Vários anos atrás, quando eu era um porquinho, minha mãe e as outras porcas entoavam uma velha canção da qual conheciam apenas a melodia e as três primeiras palavras. Conheci essa melodia na infância, mas ficou esquecida por bastante tempo. Na noite passada, porém, ela me voltou à memória. E mais, também me lembrei das palavras — e elas, tenho certeza, foram cantadas pelos bichos de outrora e se perderam na lembrança por gerações. Vou cantar essa música para vocês agora, camaradas. Estou velho e minha voz está rouca, mas, quando eu lhes ensinar a melodia, poderão cantá-la melhor do que eu. Chama-se 'Bichos da Inglaterra'."

O Velho Major pigarreou e começou a cantar. Como afirmara, sua voz estava rouca, mas ele cantava bem, e era uma melodia comovente, algo entre "Clementina" e "La Cucaracha". A letra dizia:

Bichos da Inglaterra e da Irlanda
Bichos de toda terra e clima,
Ouçam agora as boas novas
Do futuro que se aproxima.

Cedo ou tarde chegará a hora,
O Homem Tirano perderá o trono
E dos campos férteis da Inglaterra
Só os bichos serão donos.

Chega de argola no focinho
E de arreio na lombada,
Ferrugem nos freios e esporas,
Nunca mais o som da chicotada.

Fortuna que sequer imaginamos,
Trigo e cevada, feno e aveia,
Feijão, beterraba e pasto à vontade
Serão nossos a partir desse dia.

Brilharão os campos da Inglaterra,
Mais doces serão seus ventos,
Suas águas muito mais puras,
No dia em que formos libertos.

Por esse dia lutaremos juntos,
Mesmo que a morte possa chegar.
Vacas e cavalos, perus e gansos,
Pela liberdade, vamos trabalhar.

Bichos da Inglaterra e da Irlanda,
Bichos de toda terra e clima,
Ouçam e espalhem as boas novas
Do futuro que se aproxima.

O canto deixou os bichos no mais agitado alvoroço. Pouco antes que o Major chegasse ao final, também eles começaram a cantar. Mesmo os mais estúpidos já haviam pegado a melodia e algumas das palavras, e, quanto aos mais espertos, como os porcos e os cachorros, decoraram a música inteira em poucos minutos. E então, depois de alguns ensaios preliminares, a fazenda inteira irrompeu a cantar "Bichos da Inglaterra" em um uníssono tremendo. As vacas mugiam a canção, os cachorros a latiam, as ovelhas a baliam, os cavalos relinchavam e os patos grasnavam. Ficaram tão encantados com a música que a cantaram cinco vezes seguidas, e assim seguiriam a noite toda se não tivessem sido interrompidos.

Infelizmente, a barulheira acordou o sr. Jones, que saltou da cama com a certeza de que havia uma raposa no pátio. Agarrou a espingarda, que sempre ficava em um canto do quarto, e disparou na escuridão. Os projéteis enterraram-se na parede do celeiro, e a reunião terminou às pressas. Todos fugiram para seu lugar de pouso. Os pássaros voaram para seus poleiros, os animais se acomodaram na palha e toda a fazenda adormeceu em poucos instantes.

CAPÍTULO 2

TRÊS NOITES DEPOIS, o velho Major morreu, tranquilamente, enquanto dormia. Seu corpo foi enterrado no sopé do pomar.

Isso foi no início de março. Durante os três meses seguintes, houve muitas atividades secretas. O discurso do Major deu aos animais mais inteligentes da fazenda uma visão completamente nova da vida. Não sabiam quando aconteceria a Rebelião profetizada pelo Major, não tinham motivos para pensar que ocorreria enquanto estivessem vivos, mas ficou claro que era seu dever se preparar para ela. O trabalho de ensinar e organizar os outros recaía naturalmente sobre os porcos, em geral reconhecidos como os mais inteligentes dos animais. Destacavam-se entre eles dois jovens varrões chamados Bola de Neve e Napoleão, que o sr. Jones estava criando para vender. Napoleão era um grande varrão Berkshire, de aparência bastante feroz, o único na fazenda, não muito falante, mas com reputação de sempre conseguir o que queria. Bola de Neve era um porco mais ativo que Napoleão, mais rápido no falar e mais criativo, mas não se considerava que tivesse a mesma profundidade de caráter. Todos os outros porcos machos da fazenda eram castrados. O mais conhecido entre eles era um porquinho gordo chamado Papudo, com bochechas muito redondas, olhos cintilantes, movimentos ágeis e voz estridente. Era hábil com as palavras e, quando discutia algum assunto difícil, costumava pular de um lado para o outro e balançar o rabinho, algo bastante persuasivo. Diziam que Papudo conseguia convencer qualquer um de que o preto era branco.

Esses três haviam convertido os ensinamentos do velho Major em um sistema completo de pensamento, ao qual deram o nome de Animalismo. Várias noites por semana, depois que o sr. Jones dormia, realizavam reuniões secretas no celeiro e expunham aos outros os princípios do Animalismo. No início, defrontaram-se com muita estupidez e apatia. Alguns dos animais falavam do dever de lealdade ao sr. Jones, a quem se referiam como "Mestre", ou faziam observações elementares como "O sr. Jones nos alimenta. Se ele fosse embora, morreríamos de fome". Outros fizeram perguntas como "Por que devemos nos importar com o que acontece depois que morremos?" ou "Se essa Rebelião vai acontecer de qualquer maneira, que diferença faz trabalharmos para ela ou não?", e os porcos enfrentaram grande dificuldade para fazê-los ver que aquilo era contrário ao espírito do Animalismo. As perguntas mais estúpidas de todas sempre eram feitas por Mollie, a égua branca. A primeira pergunta que fez a Bola de Neve foi:

— Ainda haverá açúcar depois da Rebelião?

— Não — respondeu Bola de Neve com firmeza. — Não temos como fazer açúcar nesta fazenda. Além disso, você não precisa de açúcar. Você terá toda a aveia e o feno que quiser.

— E eu ainda poderei usar fitas na minha crina? — perguntou Mollie.

— Camarada — disse Bola de Neve —, essas fitas às quais você é tão devotada são o símbolo da escravidão. Não consegue entender que a liberdade vale mais do que esses lacinhos?

Mollie concordou, mas não parecia muito convencida.

Os porcos tiveram uma luta ainda mais árdua para neutralizar as mentiras inventadas por Moisés, o corvo domesticado. Ele, que era o bicho de estimação favorito do sr. Jones, era um espião e um leva e traz, mas também tinha uma lábia muito boa. Alegou saber da existência de um misterioso país chamado Montanha de Açúcar, para onde iam todos os animais quando morriam. Situava-se em algum lugar no céu, um pouco além das nuvens, disse Moisés. Na Montanha de Açúcar, era domingo sete dias por semana, as flores brotavam durante o ano inteiro e torrões de açúcar e bolo de linhaça cresciam nas sebes. Os animais odiavam Moisés porque ele só contava histórias e não trabalhava, mas alguns deles acreditaram na Montanha de Açúcar, e os porcos tiveram de argumentar muito para convencê-los de que esse lugar não existia.

Seus discípulos mais fiéis eram os cavalos de tração, Cravo e Canela. Esses dois tinham grande dificuldade em pensar qualquer coisa sozinhos, mas, tendo aceitado os porcos como seus professores, absorviam tudo o que lhes era dito e passavam para os outros animais por meio de argumentos simples. Nunca deixavam de comparecer às reuniões secretas no celeiro e davam o tom de "Bichos da Inglaterra", que sempre encerrava as reuniões.

Afinal, como se viu, a Rebelião ocorreu muito mais cedo e com mais facilidade do que qualquer um esperava. No passado, o sr. Jones, embora fosse um dono durão, tinha sido um hábil fazendeiro. Mas, nos últimos tempos, vivia dias ruins. Ficou muito desanimado depois de perder dinheiro em um processo e começou a beber mais do que devia. Por dias inteiros, permanecia sentado em sua cadeira na cozinha, lendo jornais, bebendo e, de vez em quando, alimentando Moisés com cascas de pão encharcadas na cerveja. Seus homens eram preguiçosos e desonestos, os campos estavam cobertos de ervas daninhas, as edificações precisavam de telhados novos, as cercas estavam abandonadas e os animais, mal alimentados.

Junho chegou, e o feno estava quase pronto para o corte. Na véspera do início de verão, um sábado, o sr. Jones foi até Willingdon e bebeu tanto no Leão Vermelho que só voltou ao meio-dia de domingo. Os homens tinham ordenhado as vacas de madrugada e depois saíram para caçar coelhos, sem se preocupar em alimentar os animais. Quando o sr. Jones voltou, foi imediatamente dormir no sofá da sala com o *News of the World* sobre o rosto, de modo que, ao anoitecer, os animais ainda não haviam comido. Por fim, não conseguiram mais suportar. Uma das vacas arrombou a porta do galpão com os chifres, e todos os animais começaram a se servir das lixeiras. Foi então que o sr. Jones acordou. Num piscar de olhos, ele e seus quatro empregados estavam no galpão, com chicotes em punho, batendo em todas as direções. Isso foi mais do que os famintos animais puderam suportar. De comum acordo, embora nada disso tivesse sido planejado, lançaram-se sobre os algozes. Jones e seus homens de repente se viram sendo golpeados e escoiceados de todos os lados. A situação estava totalmente fora de controle. Jamais haviam visto os animais se comportarem dessa maneira, e a súbita revolta das criaturas que eles estavam acostumados a espancar e maltratar como queriam os deixou apavorados. Depois de um breve momento, desistiram de tentar se defender e deram no pé. No minuto seguinte, todos os cinco corriam pela trilha das carroças rumo à estrada principal, com os animais a persegui-los, triunfantes.

A sra. Jones olhou pela janela do quarto, viu o que estava acontecendo, jogou apressadamente alguns pertences em uma sacola de lona e saiu da fazenda por outro caminho. Moisés saltou de seu poleiro e voou atrás dela, grasnando alto. Enquanto isso, os animais perseguiram Jones e seus homens pela estrada e fecharam a porteira atrás deles. E assim, antes que percebessem o que estava acontecendo, a Rebelião foi levada a cabo com sucesso: Jones foi expulso e a Fazenda do Solar era deles.

Nos primeiros minutos, os animais mal conseguiram acreditar na sorte que tiveram. Seu primeiro ato foi galopar juntos pelos limites da fazenda para ter certeza de que nenhum humano estava se escondendo por ali; em seguida, correram de volta para as instalações da fazenda para eliminar os últimos vestígios do odiado reinado de Jones. A sala dos arreios, no final dos estábulos, foi aberta; freios, argolas de nariz, correntes para cães, as cruéis facas que o sr. Jones usava para castrar porcos e cordeiros, foram todos atirados dentro do poço. As rédeas, os cabrestos, os antolhos, os degradantes bornais foram lançados à fogueira de lixo que ardia no pátio. O mesmo foi feito com os chicotes. Todos os animais saltaram de alegria ao ver os chicotes em chamas. Bola de Neve também jogou no fogo as fitas com que as crinas e as caudas dos cavalos costumavam ser decoradas em dias de feira.

— Fitas — disse ele — devem ser consideradas roupas, que são a marca de um humano. Todos os animais devem ficar nus.

Ao ouvir isso, Cravo foi buscar o pequeno chapéu de palha que usava no verão, para evitar que as moscas entrassem em suas orelhas, e o atirou no fogo.

Em pouco tempo os animais destruíram tudo o que lembrava o sr. Jones. Napoleão os levou de volta ao galpão e serviu a todos uma porção dupla de milho, com dois biscoitos para cada cachorro. Então cantaram "Bichos da Inglaterra" do início ao fim sete vezes; depois disso, acomodaram-se e dormiram como nunca haviam dormido antes.

Acordaram, porém, de madrugada, como de costume, e de repente, lembrando-se do glorioso acontecimento, todos correram juntos para o pasto. Ali, um pouco mais adiante, havia uma colina com vista para a maior parte da fazenda. Os animais dispararam até o topo e olharam em volta sob a luz clara da manhã. Sim, era deles — tudo o que podiam ver era deles! Extasiados por esse pensamento, saltitaram alegremente, lançaram-se ao ar em grandes saltos de contentamento. Rolaram no orvalho, colheram bocados da doce relva do verão, arrancaram torrões de terra e sentiram seu rico perfume. Em seguida, fizeram um passeio de inspeção por toda a fazenda e examinaram com muda admiração a terra arada, a lavoura de feno, o pomar, o lago e o bosque. Era como se nunca tivessem visto nada disso antes, e mesmo agora mal conseguiam acreditar: tudo aquilo era deles.

Depois, voltaram para as instalações da fazenda e pararam em silêncio diante da porta da casa-grande. Também era deles, mas estavam com medo de entrar. Após um momento, porém, Bola de Neve e Napoleão empurraram a porta com seus ombros, e os animais entraram em fila, caminhando com o máximo cuidado, temendo desarrumar alguma coisa. Andavam na ponta dos pés de cômodo em cômodo, falando baixinho e olhando com uma espécie de espanto para o luxo inacreditável, as camas com seus colchões de penas, os espelhos, o sofá estofado com crina de cavalo, o tapete de Bruxelas, a litografia da rainha Vitória acima da lareira da sala. Desciam as escadas quando perceberam que Mollie estava desaparecida. Voltando, descobriram que ela havia ficado para trás no melhor quarto. Pegara um pedaço de fita azul da penteadeira da sra. Jones e o segurava contra o ombro, admirando-se no espelho de uma maneira muito tola. Os outros a repreenderam duramente e logo saíram. Alguns presuntos pendurados na cozinha foram levados para fora e enterrados, e o barril de cerveja da copa foi quebrado com um coice de Cravo; fora isso, nada na casa foi tocado. Ali, uma resolução unânime foi aprovada para que a casa da fazenda fosse preservada como um museu. Todos concordaram que nenhum animal jamais deveria viver ali.

Os animais tomaram o café da manhã, e em seguida Bola de Neve e Napoleão tornaram a reuni-los.

— Camaradas — disse Bola de Neve —, são seis e meia e temos um longo dia pela frente. Hoje começaremos a colheita do feno. Mas, antes, há outro assunto que deve ser tratado.

Os porcos revelaram que, ao longo dos três meses anteriores, haviam aprendido a ler e escrever, usando um velho livro de ortografia dos filhos do sr. Jones que havia sido jogado no lixo. Napoleão mandou buscar potes com tintas preta e branca e abriu caminho até a porteira que dava para a estrada principal. Então, Bola de Neve (que era o melhor na escrita) tomou o pincel entre as patas, apagou da placa acima da porteira o nome FAZENDA DO SOLAR e, em seu lugar, escreveu FAZENDA DOS BICHOS. Esse seria o nome da fazenda de agora em diante. Depois disso, voltaram para as instalações da fazenda; Bola de Neve e Napoleão mandaram buscar uma escada e colocá-la contra a parede do fundo do grande celeiro. Explicaram que, segundo os estudos que realizaram nos últimos três meses, os porcos conseguiram resumir os princípios do Animalismo a sete mandamentos. Nesse momento, eles seriam inscritos na parede; formariam uma lei inalterável que todos os animais da Fazenda dos Bichos teriam de seguir para sempre. Com alguma dificuldade (pois não é fácil para um porco se equilibrar em uma escada), Bola de Neve subiu e começou a trabalhar, com Papudo alguns degraus abaixo dele segurando o pote de tinta. Os mandamentos foram escritos na parede alcatroada em grandes letras brancas, que podiam ser lidas a quase trinta metros de distância. Eis o que determinavam:

OS SETE MANDAMENTOS

1. *Tudo o que andar sobre duas pernas é um inimigo.*
2. *Tudo o que andar sobre quatro patas ou tiver asas é amigo.*
3. *Nenhum bicho usará roupas.*
4. *Nenhum bicho dormirá em uma cama.*
5. *Nenhum bicho beberá álcool.*
6. *Nenhum bicho matará outro bicho.*
7. *Todos os bichos são iguais.*

Estava tudo muito bem redigido, exceto que "pernas" foi escrito "prenas" e que um "S" estava invertido — tirando isso, a grafia estava correta do começo ao fim. Bola de Neve leu em voz alta para melhor compreensão dos outros. Todos os animais balançaram a cabeça em absoluta concordância, e os mais espertos imediatamente começaram a decorar os mandamentos.

— Agora, camaradas — gritou Bola de Neve, jogando o pincel no chão —, para a lavoura de feno! É uma questão de honra fazer a colheita mais depressa do que Jones e seus homens conseguiam fazer.

Nesse momento, as três vacas, que já se mostravam inquietas havia algum tempo, soltaram um mugido alto. Fazia vinte e quatro horas que não eram ordenhadas, e seus úberes estavam prestes a explodir. Depois de pensar um pouco, os porcos mandaram buscar baldes e as ordenharam com bastante sucesso, suas patas se adaptaram bem à tarefa. Logo havia cinco baldes de leite cremoso e espumoso para os quais muitos dos animais olhavam com considerável interesse.

— O que faremos com todo esse leite? — perguntou alguém.

— Jones costumava misturar um pouco à nossa ração — respondeu uma das galinhas.

— Deixem o leite para lá, camaradas! — gritou Napoleão, colocando-se na frente dos baldes. — Isso pode ser visto depois. A colheita é o mais importante. O camarada Bola de Neve vai comandar. Devo seguir vocês em poucos minutos. Avante, camaradas! O feno está esperando.

Então, os animais desceram até a lavoura de feno para começar a colheita e, quando voltaram à noite, notaram que o leite havia desaparecido.

CAPÍTULO 3

ELES SE ESFALFARAM E suaram muito para juntar aquele feno! Mas seus esforços foram recompensados, pois a colheita foi um sucesso ainda maior do que esperavam.

Às vezes, o trabalho era difícil; os implementos foram desenvolvidos para utilização por seres humanos e não por animais, e era uma grande desvantagem nenhum deles poder usar ferramentas que exigissem ficar em pé sobre as patas traseiras. Mas os porcos eram tão espertos que sempre conseguiam pensar em uma maneira de contornar as dificuldades. Quanto aos cavalos, conheciam cada centímetro do campo e, de fato, sabiam como ceifar e rastelar muito melhor que Jones e seus homens jamais haviam feito. Os porcos não trabalhavam de verdade, mas direcionavam e supervisionavam os outros. Com sua inteligência, era natural que assumissem a liderança. Cravo e Canela atrelavam-se à ceifadeira ou ao ancinho (nenhum freio ou rédea era necessário nesses dias, é claro) e caminhavam pesada e continuamente pelo campo com um porco andando atrás deles e gritando "Eia, camarada!" ou "Agora volte, camarada!", conforme o caso. E cada animal, até o mais humilde, trabalhou para virar o feno e recolhê-lo. Até os patos e galinhas deram duro para lá e para cá o dia todo sob o sol, carregando minúsculos tufos de feno em seus bicos. No final, terminaram a colheita dois dias mais cedo do que Jones e seus homens normalmente levariam. Além disso, foi a maior colheita que a fazenda já havia realizado. Não houve nenhum desperdício; as galinhas e os patos, com seus olhos aguçados, tinham colhido até o último talo. E nenhum animal da fazenda roubou nem sequer um bocado.

Durante todo aquele verão, o trabalho da fazenda funcionou como um relógio. Os animais estavam felizes como nunca imaginaram ser possível. Cada bocada na comida era um imenso prazer, agora que ela era realmente deles, produzida por eles mesmos e para eles, não distribuída por um dono relutante. Sem os inúteis parasitas humanos, havia mais para todos comerem. Havia mais lazer também, por mais inexperientes que os animais fossem nesse quesito. Encontraram muitas dificuldades — no final do ano, por exemplo, quando colhiam o milho, tinham de pisá-lo à moda antiga para depois soprar as cascas, pois a fazenda não possuía debulhadora —, mas os porcos, com sua inteligência, e Cravo, com seus enormes músculos, sempre as venciam. Cravo era admirado por todos. Sempre fora um trabalhador esforçado, mesmo na época de Jones, mas agora parecia valer por três; havia dias em que todas as tarefas da fazenda pareciam recair em seus fortes ombros. Da manhã até a noite, empurrava e puxava, sempre presente onde o trabalho era mais pesado. Combinara com um dos galos que o chamasse pela manhã, meia hora mais cedo do que qualquer outro, e faria algum trabalho voluntário no que fosse mais necessário, antes que a lida habitual diária se iniciasse.

Sua resposta a cada problema, cada contratempo, era "Trabalhar ainda mais!" — frase que adotou como lema pessoal.

Cada um trabalhava de acordo com sua capacidade. As galinhas e os patos, por exemplo, economizavam cinco alqueires de milho na colheita juntando os grãos perdidos. Ninguém roubava, ninguém reclamava das rações. As brigas, mordidas e o ciúme, que eram características normais nos velhos tempos, haviam quase desaparecido. Ninguém se esquivava — ou quase ninguém. Mollie, é verdade, não gostava de acordar cedo e dava um jeito de deixar o posto antes da hora, alegando que tinha uma pedra em seu casco. E o comportamento da gata era um tanto peculiar. Logo se percebeu que, quando havia trabalho a ser feito, ela nunca era encontrada. Desaparecia por horas a fio e reaparecia no momento das refeições ou à noite, após o término da labuta, como se nada tivesse acontecido. Mas sempre apresentava excelentes desculpas e ronronava de maneira tão afetuosa que era impossível não acreditar em suas boas intenções. Para o velho Benjamin, o burro, parecia que nada tinha mudado desde a Rebelião. Executava seu trabalho da mesma forma lenta e obstinada como fazia na época de Jones, sem nunca se esquivar nem se oferecer como voluntário para um trabalho extra. Sobre a Rebelião e seus resultados, não expressou nenhuma opinião. Quando questionado se não estava mais feliz agora que Jones havia ido embora, apenas dizia:

— Os burros vivem muito. Nenhum de vocês jamais viu um burro morto.

E os outros tinham de se contentar com essa resposta enigmática.

Aos domingos não havia trabalho. O café da manhã era uma hora mais tarde que de costume, e depois dele realizava-se uma cerimônia que ocorria toda semana, sem falta. Primeiro veio o hasteamento da bandeira. Bola de Neve encontrara na sala de arreios uma velha toalha de mesa verde da sra. Jones e pintara nela, com tinta branca, um casco e um chifre. A bandeira era hasteada todos os domingos de manhã, no mastro do jardim da casa-grande. Era verde, explicou Bola de Neve, para remeter aos campos verdes da Inglaterra, enquanto o casco e o chifre representavam a República dos Animais que surgiria quando a raça humana finalmente desaparecesse. Após o hasteamento da bandeira, todos os animais se aglomeravam no grande celeiro para uma assembleia geral, que ficou conhecida como "a Reunião". Lá, o trabalho da semana seguinte era planejado, e resoluções, apresentadas e debatidas. Eram sempre os porcos que propunham as resoluções. Os outros animais sabiam como votar, mas nunca conseguiam pensar em nenhuma resolução por conta própria. Bola de Neve e Napoleão eram, de longe, os mais ativos nos debates. Percebeu-se que os dois nunca estavam de acordo: qualquer que fosse a sugestão feita por um deles, o outro certamente rejeitaria. Mesmo quando se decidiu — algo a que, por si só, ninguém poderia se opor — usar o pequeno cercado atrás do pomar como um lar de descanso para os animais já incapazes de trabalhar, houve um acalorado debate sobre a idade correta de aposentadoria para cada classe de animal. A Reunião sempre terminava com o canto de "Bichos da Inglaterra", e a tarde era dedicada à recreação.

Os porcos reservaram a sala de arreios como quartel-general para se concentrarem. Ali, à noite, estudavam ferraria, carpintaria e outros ofícios necessários, em livros que haviam sido trazidos da casa-grande. Bola de Neve também se ocupou em organizar os outros animais no que chamou de Comitês dos Bichos. Era infatigável nisso. Formou o Comitê de Produção de Ovos para as galinhas, a Liga de Caudas Limpas para as vacas, o Comitê de Reeducação dos Bichos Selvagens (o objetivo, aqui, era domar os ratos e coelhos), o Movimento de Lã Branca para as ovelhas, e vários outros, além de ministrar aulas de leitura e escrita. No geral, esses projetos foram um fracasso. A tentativa de domar as criaturas selvagens, por exemplo, sucumbiu quase de imediato. Elas continuaram se comportando da mesma forma e, quando tratadas com generosidade, simplesmente tiravam vantagem disso. A gata entrou para o Comitê de Reeducação e teve uma atuação muito ativa por alguns dias. Foi vista um dia sentada em um telhado conversando com alguns pardais que estavam fora do alcance. Dizia a eles que todos os animais agora eram camaradas e que qualquer pardal que quisesse poderia vir e pousar em sua pata, mas os pardais preferiram manter distância.

As aulas de leitura e escrita, ao contrário, foram um grande sucesso. No outono, quase todos os animais da fazenda estavam alfabetizados em algum grau.

Os porcos já sabiam ler e escrever com perfeição. Os cães aprenderam a ler razoavelmente, mas não estavam interessados em ler nada além dos Sete Mandamentos. Muriel, a cabra, lia um pouco melhor que os cães e às vezes costumava ler para os outros, à noite, pedaços de jornal que encontrava no lixo. Benjamin podia ler tão bem quanto qualquer porco, mas nunca exerceu sua aptidão. Até onde sabia, alegava ele, não havia nada que valesse a pena ler. Canela aprendeu todo o alfabeto, mas não era capaz de formar palavras. Cravo não conseguia ir além da letra D. Ele desenhava o A, B, C, D na areia com seu grande casco, e então ficava olhando para as letras com as orelhas murchas, às vezes sacudindo o topete, tentando com toda a força lembrar o que vinha a seguir, e nunca era bem-sucedido. Em várias ocasiões, ele de fato aprendeu as letras E, F, G, H, mas então se descobria sempre que tinha esquecido as letras A, B, C e D. Por fim decidiu se contentar com as primeiras quatro letras e costumava escrevê-las uma ou duas vezes por dia para refrescar a memória. Mollie recusou-se a aprender qualquer coisa, exceto as seis letras que compunham seu próprio nome. Ela as formava muito bem com pedaços de galho, decorava--as com uma ou duas florzinhas e depois caminhava em volta delas, admirando-as.

Nenhum dos outros animais da fazenda conseguiu ir além da letra A. Também se descobriu que os animais mais estúpidos, como as ovelhas, as galinhas e os patos, eram incapazes de decorar os Sete Mandamentos. Depois de muito pensar, Bola de Neve declarou que os Sete Mandamentos poderiam, de fato, ser reduzidos a uma única máxima, que era: "Quatro pernas bom, duas pernas ruim". Isso, disse ele, continha o princípio essencial do Animalismo. Quem quer que o tivesse compreendido completamente estaria protegido das influências humanas. Os pássaros, de início, fizeram objeção, pois lhes parecia que também tinham duas pernas, mas Bola de Neve provou-lhes que não era assim.

— A asa de um pássaro, camaradas — disse ele —, é um órgão de propulsão, e não de manipulação. Portanto, deve ser considerada uma perna. O que distingue o Homem é a *mão*, o instrumento com o qual ele faz todas as suas maldades.

Os pássaros não entenderam as explicações de Bola de Neve, mas as aceitaram, e todos os animais mais humildes se dedicaram a aprender de cor a nova máxima. Escreveu-se QUATRO PERNAS BOM, DUAS PERNAS RUIM na parede do fundo do celeiro, acima dos Sete Mandamentos e em letras maiores. Depois de decorá-la, as ovelhas desenvolveram grande gosto por essa máxima e, muitas vezes, quando deitadas no campo, começavam a balir "Quatro pernas bom, duas pernas ruim! Quatro pernas bom, duas pernas ruim!", e assim prosseguiam durante horas a fio, sem se cansar.

Napoleão não se interessava pelos comitês de Bola de Neve. Disse que a educação dos jovens era mais importante do que qualquer outra coisa que se podia fazer a favor dos adultos. Aconteceu que Jessie e Florzinha deram cria logo após a colheita do feno, parindo nove cãezinhos robustos. Assim que foram desmamados, Napoleão os afastou das mães, dizendo que se responsabilizaria por sua educação. Levou-os para um sótão que só poderia ser alcançado da sala de arreios, usando-se uma escada, e lá os manteve em tal reclusão que o resto da fazenda logo esqueceu sua existência.

O mistério do paradeiro do leite logo foi esclarecido. Era misturado todos os dias na ração dos porcos. As primeiras maçãs estavam agora amadurecendo, e sobre a grama do pomar havia muitos frutos derrubados pelo vento. Os animais presumiram, com naturalidade, que seriam divididos igualmente; um dia, porém, saiu a ordem de que todas as frutas caídas fossem recolhidas e levadas à sala de arreios para consumo dos porcos. Alguns animais chegaram a murmurar sobre isso, mas foi inútil. Todos os porcos estavam de acordo nesse ponto, até Bola de Neve e Napoleão. Papudo foi enviado para dar as explicações necessárias aos outros.

— Camaradas! — ele gritou. — Vocês sabem, espero, que nós, porcos, não estamos fazendo isso por egoísmo e privilégio, certo? Muitos de nós na verdade nem gostamos de leite e maçãs. Eu mesmo não gosto. Nosso único objetivo ao ingerir essas coisas é preservar nossa saúde. Leite e maçãs, e isto foi provado pela Ciência, camaradas, contêm substâncias absolutamente necessárias ao bem-estar de um porco. Nós, porcos, somos trabalhadores intelectuais. Toda a gestão e organização desta fazenda dependem de nós. Estamos zelando pelo seu bem-estar dia e noite. É por *vocês* que bebemos aquele leite e comemos aquelas maçãs. Sabem o que aconteceria se nós, porcos, falhássemos em nosso dever?

Jones voltaria! Sim. Jones voltaria! Com certeza, camaradas — berrou Papudo quase suplicante, saltando de um lado para o outro e balançando a cauda —, com certeza não há ninguém entre vocês que queira a volta de Jones.

Se existia uma coisa da qual os animais estavam completamente certos, era que não queriam Jones de volta. Quando a questão foi posta a eles sob esse prisma, não tiveram mais nada a dizer. A importância de manter os porcos com boa saúde era óbvia. Assim, foi definido, sem mais discussões, que o leite e as maçãs derrubadas pelo vento (e também a colheita principal das maçãs quando estivessem maduras) deveriam ser reservados apenas aos porcos.

CAPÍTULO 4

No FINAL DO VERÃO, a notícia do que acontecera na Fazenda dos Bichos espalhou-se por metade do condado. Todos os dias, Bola de Neve e Napoleão enviavam revoadas de pombos instruídos a se misturar com os animais nas fazendas vizinhas, contar-lhes a história da Rebelião e ensinar-lhes a melodia de "Bichos da Inglaterra".

A maior parte desse tempo, o sr. Jones havia passado sentado na taverna do Leão Vermelho, em Willingdon, reclamando, para qualquer um que quisesse ouvir, da monstruosa injustiça que sofrera ao ser expulso de sua propriedade por um bando de animais inúteis. Outros agricultores simpatizaram em princípio, mas não o ajudaram muito. No fundo, cada um deles secretamente se perguntava se não poderia, de alguma forma, tirar proveito do infortúnio de Jones. Era uma sorte que os proprietários das duas fazendas vizinhas à dos bichos vivessem em permanente pé de guerra. Uma delas, chamada Foxwood, era uma grande fazenda abandonada e antiquada, coberta de mato, com todas as pastagens exauridas e as sebes em péssimo estado. Seu proprietário, o sr. Pilkington, era um fazendeiro tranquilo, que passava a maior parte do tempo pescando ou caçando, de acordo com a estação. A outra, chamada Pinchfield, era menor e mais bem cuidada. Seu dono era o sr. Frederick, homem durão e astuto, sempre envolvido em processos judiciais e com fama de ser firme em negociações. Os dois demonstravam tanta hostilidade um com o outro que era difícil chegarem a um acordo, mesmo em defesa dos próprios interesses.

No entanto, ambos estavam completamente assustados com a rebelião na Fazenda dos Bichos e muito ansiosos para evitar que seus animais tomassem conhecimento do assunto. No início, fingiram rir para desprezar a ideia de animais administrando uma fazenda sozinhos. Eles diziam que o caso todo terminaria em quinze dias. Diziam também que os animais da Fazenda do Solar (eles insistiam em chamá-la de Fazenda do Solar; não toleravam o nome "Fazenda dos Bichos") estavam lutando entre si e morreriam de fome muito em breve. Conforme o tempo passou e os animais evidentemente não morreram de fome, Frederick e Pilkington mudaram de opinião e começaram a falar da terrível maldade que agora florescia na Fazenda dos Bichos. Correu a notícia de que os animais ali praticavam canibalismo, torturavam-se uns aos outros com ferraduras em brasa e tinham fêmeas em comum. Isso foi o que resultou da rebelião contra as leis da Natureza, diziam Frederick e Pilkington.

No entanto, ninguém nunca acreditou muito nessas histórias. Rumores de uma fazenda maravilhosa, onde os seres humanos haviam sido expulsos e os animais cuidavam dos próprios negócios, continuaram a circular de forma vaga e distorcida, e durante todo aquele ano uma onda insurgente percorreu o interior. Touros que sempre foram tratáveis de repente se tornaram selvagens, ovelhas quebravam cercas e comiam trevos, vacas davam coices em baldes, cavalos de salto recusavam-se a pular obstáculos e atiravam os cavaleiros para longe. Acima de tudo, a melodia e até mesmo as palavras de "Bichos da Inglaterra" eram conhecidas em toda parte. Espalharam-se com uma velocidade surpreendente. Os seres humanos eram incapazes de conter a raiva ao ouvir essa música, embora fingissem considerá-la simplesmente ridícula. Diziam não entender como até os animais conseguiam cantar aquela porcaria tão desprezível. Qualquer animal pego cantando era chicoteado na hora. E, ainda assim, não havia como parar a música. Os melros cantavam-na pousados nas cercas, os pombos arrulhavam-na nos olmos, surgia no estrondo das ferrarias e na melodia dos sinos das igrejas. E quando os seres humanos a ouviam, secretamente estremeciam, percebendo nela uma profecia de sua futura condenação.

No início de outubro, quando o milho foi cortado, empilhado e parte dele já debulhado, uma revoada de pombos veio girando no ar e pousou no pátio da Fazenda dos Bichos no mais agitado alvoroço. Jones e todos os seus homens, com meia dúzia de outros empregados de Foxwood e Pinchfield, haviam entrado pela porteira e subiam a trilha de carroças que levava à fazenda. Todos carregavam bastões, exceto Jones, que marchava à frente com uma espingarda nas mãos. Obviamente, tentariam recuperar a fazenda.

Isso já era esperado desde muito tempo antes, e todos os preparativos tinham sido feitos. Bola de Neve, que havia estudado um antigo livro sobre as campanhas de Júlio César encontrado na casa-grande, estava encarregado das operações defensivas. Deu suas ordens rapidamente e, em alguns minutos, todos os animais estavam em seus postos.

Conforme os seres humanos se aproximavam das edificações da fazenda, Bola de Neve lançou o primeiro ataque. Todos os pombos, ao número de trinta e cinco, voaram de um lado para outro sobre a cabeça dos homens e defecaram nelas do alto; e enquanto os homens se limpavam, os gansos, escondidos atrás da cerca, saíram correndo e bicaram ferozmente as panturrilhas dos inimigos. No entanto, tratou-se apenas de uma leve cortina de fumaça, com a intenção de criar certa desordem, e sem dificuldade os homens expulsaram os gansos com seus bastões. Bola de Neve lançou a segunda bateria de ataque. Muriel, Benjamin e todas as ovelhas, com Bola de Neve à frente, investiram contra os homens, fustigaram-nos e golpearam-nos por todos os lados, enquanto Benjamin se virava e os escoiceava com seus pequenos cascos. Mas, outra vez, os homens, com seus bastões e suas botas rústicas, foram fortes demais para eles. De repente, ao guincho de Bola de Neve, que era o sinal para bater em retirada, todos os animais se viraram e fugiram para o pátio.

Os homens deram um grito de triunfo. Tal como imaginavam, viram seus inimigos em fuga, e partiram atrás deles de maneira desordenada. Era exatamente o que Bola de Neve pretendia. Quando o grupo já estava no pátio, os três cavalos, as três vacas e o resto dos porcos, que aguardavam de tocaia atrás do estábulo, surgiram de súbito por trás deles, isolando-os. Bola de Neve agora deu sinal para o ataque. Ele mesmo correu na direção de Jones. Vendo-o, Jones ergueu a arma e atirou. Os projéteis formaram riscos de sangue ao longo das costas de Bola de Neve, e uma ovelha caiu morta. Sem hesitar por nem um instante, Bola de Neve arremessou seus quase cem quilos contra as pernas de Jones. O fazendeiro foi lançado sobre uma pilha de esterco, e a arma voou de suas mãos. Mas o espetáculo mais terrível de todos foi Cravo erguendo-se sobre as patas traseiras e, com seus grandes cascos calçados de ferradura, atacando como um garanhão. O primeiro golpe acertou o crânio de um cavalariço de Foxwood e lançou-o já sem vida na lama. Ao ver a cena, vários homens largaram os bastões e tentaram correr. O pânico apoderou-se deles e, no instante seguinte, todos os animais os perseguiam em círculos pelo pátio. Foram feridos, chutados, mordidos e pisoteados. Não houve um animal na fazenda que não estivesse lá a vingar-se deles, cada um à sua maneira. Até a gata de repente saltou de um telhado sobre os ombros de um vaqueiro e cravou-lhe as garras no pescoço, ao que ele reagiu com um berro de dor. No momento em que viram a saída livre, os homens se encheram de coragem para correr para fora do pátio rumo à estrada principal. E assim, cinco minutos depois de sua invasão, bateram em vergonhosa retirada pelo mesmo caminho por onde haviam entrado, com um bando de gansos sibilando atrás deles e bicando suas pernas ao longo do trajeto inteiro.

Todos os homens tinham partido, exceto um. De volta ao pátio, Cravo cutucava com o casco o cavalariço que estava deitado de bruços na lama, tentando virá-lo. O rapaz não se mexia.

— Ele está morto — disse Cravo com tristeza. — Eu não tinha a intenção de fazer isso. Esqueci que estava usando ferraduras. Quem vai acreditar que não fiz de propósito?

— Sem sentimentalismo, camarada! — gritou Bola de Neve, cujas feridas ainda derramavam sangue. — Guerra é guerra. Ser humano bom é ser humano morto.

— Não desejo tirar vidas, nem mesmo vidas humanas — repetiu Cravo, com os olhos cheios d'água.

— Onde está Mollie? — perguntou alguém.

Mollie realmente estava desaparecida. Por um momento, houve um grande alarde; temia-se que os homens pudessem tê-la ferido de alguma forma, ou mesmo a levado com eles. No final, porém, encontraram-na escondida em sua baia com a cabeça enterrada no feno da manjedoura. Fugira assim que a arma disparou. E quando eles voltaram, após encontrá-la, descobriram que o cavalariço, que na verdade estava apenas desmaiado, já havia se recuperado e escapado.

Os bichos se reuniram no mais agitado alvoroço, cada um contando suas façanhas na batalha com a voz mais alta que podia. Uma celebração improvisada da vitória começou imediatamente. A bandeira foi hasteada e cantaram "Bichos da Inglaterra" várias vezes; em seguida, a ovelha morta recebeu um funeral solene, com arbustos de espinheiro sendo plantados em seu túmulo. Ao lado, Bola de Neve fez um pequeno discurso, enfatizando a necessidade de todos os animais estarem prontos para morrer pela Fazenda dos Bichos se necessário.

Os animais decidiram, por unanimidade, criar uma condecoração militar, a "Bicho Herói, Primeira Classe", que foi conferida ali mesmo a Bola de Neve e a Cravo. Consistia numa medalha de latão (na verdade, eram velhos adornos para cavalo que haviam sido encontrados na sala de arreios), a qual devia ser usada aos domingos e feriados. Instituíram também a "Bicho Herói, Segunda Classe", que foi concedida postumamente à ovelha morta.

Houve muita discussão sobre como a batalha deveria ser chamada. Por fim, recebeu o nome de Batalha do Estábulo, já que lá ocorrera a emboscada. A arma do sr. Jones foi encontrada caída na lama, e sabia-se que havia um estoque de cartuchos na casa-grande. Decidiu-se então colocar a arma ao pé do mastro, como uma peça de artilharia, e dispará-la duas vezes por ano — uma no dia 12 de outubro, aniversário da Batalha do Estábulo, e outra no dia do solstício de verão, o aniversário da Rebelião.

CAPÍTULO 5

O INVERNO SE APROXIMAVA, e Mollie causava cada vez mais problemas. Atrasava-se todas as manhãs para o trabalho e desculpava-se dizendo que havia dormido demais, além de reclamar de dores misteriosas, embora seu apetite estivesse excelente. Sob qualquer pretexto, fugia do trabalho e ia para o açude, onde permanecia totalmente imóvel olhando o próprio reflexo na água. Mas também houve rumores de algo mais sério. Um dia, enquanto Mollie caminhava toda alegre pelo pátio, sacudindo sua longa cauda e mastigando um talo de feno, Canela a chamou de lado.

— Mollie — disse ela —, tenho uma coisa muito séria para lhe dizer. Esta manhã vi você olhando para a cerca que separa a Fazenda dos Bichos e Foxwood. Um dos homens do sr. Pilkington estava parado do outro lado da cerca. E... eu estava muito longe, mas tenho quase certeza de que vi isso... ele estava falando com você, e você permitiu que ele acariciasse seu nariz. O que isso significa, Mollie?

— Ele não fez isso! Eu não estava lá! Não é verdade! — gritou Mollie, começando a se empinar e a dar patadas no chão.

— Mollie! Olhe na minha cara. Você me dá sua palavra de honra de que aquele homem não estava acariciando seu nariz?

— Não é verdade! — repetiu Mollie, mas não conseguia olhar na cara de Canela e, no momento seguinte, virou-se e galopou para o campo.

Um pensamento ocorreu a Canela. Sem dizer nada aos outros, foi até a baia de Mollie e revirou a palha com o casco. Escondida debaixo dela, estava uma pequena pilha de torrões de açúcar e vários novelos de fitas de diferentes cores.

Três dias depois, Mollie desapareceu. Por algumas semanas nada se soube de seu paradeiro, então os pombos relataram tê-la visto do outro lado de Willingdon. Ela estava entre as hastes de uma elegante charrete pintada de vermelho e preto, que ficava diante de uma estalagem. Um homem gordo, de rosto vermelho, calças e polainas xadrez, que parecia um taberneiro, acariciava seu nariz e a alimentava com torrões de açúcar. Seu pelo tinha sido cortado recentemente, e ela usava uma fita escarlate em volta do topete. Parecia estar se divertindo, disseram os pombos. Nenhum dos animais voltou a falar sobre Mollie.

Em janeiro, o tempo ficou extremamente ruim. A terra estava dura como ferro, e nada podia ser feito nos campos. Inúmeras reuniões foram realizadas no grande celeiro, e os porcos se ocuparam em planejar o trabalho da estação seguinte. Foi aceito que os porcos, que eram muito mais espertos que os outros bichos, deveriam decidir todas as questões referentes à política agrícola da fazenda, embora suas resoluções precisassem ser ratificadas pelos votos da maioria. Esse combinado teria funcionado bem se não fosse pelas disputas entre Bola de Neve e Napoleão. Esses dois conseguiam discordar em todos os pontos em que se podia discordar. Se um deles sugerisse semear uma área maior com cevada, o outro certamente exigiria uma área maior de aveia, e se um deles dissesse que tal ou tal campo era adequado para repolhos, o outro declararia que era inútil para qualquer coisa, exceto para raízes. Cada um tinha seus seguidores, e houve alguns debates violentos. Nas reuniões, Bola de Neve costumava conquistar a maioria com seus brilhantes discursos, mas Napoleão era melhor em angariar apoio para si durante os intervalos. Foi particularmente bem-sucedido com as ovelhas. Nos últimos tempos, elas passaram a balir "Quatro pernas bom, duas pernas ruim" a torto e a direito e com frequência interrompiam a Reunião dessa maneira. Percebeu-se então que tinham especial propensão a desatar no "Quatro pernas bom, duas pernas ruim" em momentos cruciais dos discursos de Bola de Neve. Ele fizera um estudo detalhado sobre alguns números anteriores da revista *Fazendeiros e pecuaristas* que havia encontrado na casa-grande e estava cheio de planos sobre inovações e melhorias. Falava com sabedoria sobre drenos de campo, ensilagem, resíduos básicos, e elaborou um esquema complicado para que todos os bichos jogassem seu esterco diretamente no campo, em um local diferente a cada dia, para economizar o trabalho de transportá-lo. Napoleão não fez nenhum esquema próprio, mas disse baixinho que o de Bola de Neve não daria em nada e que ele parecia querer ganhar tempo. Mas, de todas as suas divergências, nenhuma foi tão séria quanto a que ocorreu sobre o moinho de vento.

No extenso pasto, não muito longe das edificações, havia uma pequena colina que era o ponto mais alto da propriedade. Após pesquisar o terreno, Bola de Neve declarou que aquele seria o local ideal para um moinho de vento, que poderia ser construído para operar um dínamo e fornecer energia elétrica para toda a fazenda. Isso iluminaria as baias e as aqueceria no inverno, e faria funcionar uma serra circular, um cortador de palha, um cortador de beterraba e uma máquina de ordenha elétrica. Os animais nunca tinham ouvido falar sobre nada desse tipo antes (pois a fazenda era antiquada e contava apenas com o maquinário mais primitivo), e escutavam atônitos Bola de Neve conjurar imagens de máquinas fantásticas que fariam o trabalho no lugar dos animais enquanto eles pastariam à vontade nos campos ou aprimorariam a mente lendo e conversando.

Em poucas semanas, os planos de Bola de Neve para o moinho de vento estavam totalmente prontos. Os detalhes mecânicos vieram sobretudo de três livros que pertenceram ao sr. Jones: *Mil coisas úteis para fazer em casa*, *Seja seu próprio pedreiro* e *Eletricidade para iniciantes*. Bola de Neve usava como escritório um galpão onde outrora ficavam incubadoras e que tinha um piso de madeira liso, adequado para desenhar. Ali permanecia por horas a fio. Com os livros abertos sob o peso de uma pedra e com um pedaço de giz preso entre os dedos, movia-se rapidamente de um lado para outro, desenhando linha após linha e soltando pequenos guinchos de empolgação. Pouco a pouco, os planos foram se ampliando e se transformaram em uma complicada massa de manivelas e engrenagens que cobriam mais da metade do chão, e que os outros animais acharam completamente ininteligíveis, mas muito impressionantes. Todos vinham ver os desenhos de Bola de Neve pelo menos uma vez por dia. Até as galinhas e os patos vieram e tiveram o cuidado de não pisar nas marcas de giz. Apenas Napoleão se manteve indiferente. Declarou-se contrário ao moinho de vento desde o início. Um dia, porém, chegou inesperadamente para examinar os planos. Caminhou a passos pesados em volta do galpão, olhou com atenção para cada detalhe dos planos e os farejou uma ou duas vezes; em seguida, ficou um tempo contemplando-os de soslaio; então, de repente, ergueu a perna, urinou sobre os planos e saiu sem dizer palavra.

A fazenda inteira estava profundamente dividida sobre o assunto do moinho de vento. Bola de Neve não negou que construí-lo seria difícil. Pedras precisariam ser carregadas e transformadas em paredes, então as pás do moinho teriam de ser confeccionadas e, depois disso, seriam necessários dínamos e cabos. (Como seriam arranjados, Bola de Neve não disse.) Mas afirmou que tudo poderia ser feito em um ano. Depois disso, declarou ele, tanto esforço seria poupado que os bichos só trabalhariam três dias por semana. Napoleão, por outro lado, argumentou que a grande necessidade do momento era aumentar a produção de alimentos e que, se perdessem tempo com o moinho de vento, morreriam de fome. Os bichos formaram duas facções, cada uma com um slogan: "Vote em Bola de Neve e na semana de três dias" e "Vote em Napoleão e na manjedoura cheia". Benjamin foi o único bicho que não se aliou a nenhuma das facções. Recusou-se a acreditar que a comida seria mais abundante ou que o moinho de vento economizaria trabalho. Com moinho de vento ou sem moinho de vento, disse ele, a vida continuaria como sempre foi, ou seja, ruim.

Além das disputas pelo moinho, havia a questão da defesa da fazenda. Perceberam que, embora os seres humanos tivessem sido derrotados na Batalha do Estábulo, poderiam empreender outra tentativa, mais determinada, de retomar a fazenda e reinstalar o sr. Jones. Tinham ainda mais motivos para fazê-lo porque a notícia da derrota se espalhou pelo campo e deixou os animais das fazendas vizinhas mais inquietos do que nunca. Como de costume, Bola de Neve e Napoleão discordavam. Na visão de Napoleão, o que os animais deveriam fazer era adquirir armas de fogo e aprender a usá-las. Na visão de Bola de Neve, eles deveriam enviar mais e mais pombos e incitar os animais das fazendas vizinhas a se rebelar. O primeiro argumentava que, se não pudessem se defender, seriam vencidos; o outro alegava que, se motins acontecessem em todos os lugares, não teriam a necessidade de se defender. Os animais ouviram primeiro Napoleão, depois Bola de Neve, e não conseguiram decidir quem estava certo; na verdade, sempre estavam de acordo com quem falava no momento.

Por fim, chegou o dia em que os planos de Bola de Neve ficaram prontos. Na Reunião do domingo seguinte, foi colocada em votação a questão de iniciar ou não as obras do moinho de vento. Quando os bichos se reuniram no grande celeiro, Bola de Neve se levantou e, embora fosse interrompido de vez em quando pelo balido das ovelhas, apresentou suas razões para defender a construção do moinho de vento. Então, Napoleão se levantou para rebater. Disse muito baixinho que o moinho de vento era um absurdo e que não aconselhava ninguém a votar em favor dele, e novamente se sentou; falara por apenas trinta segundos e parecia quase indiferente quanto ao efeito que produzia. Diante disso, Bola de Neve ficou de pé outra vez e, gritando, calou as ovelhas, que haviam tornado a balir, e então iniciou um candente apelo em favor do moinho de vento. Até então, os bichos estavam igualmente divididos em suas simpatias, mas, a certa altura, a eloquência de Bola de Neve arrastou a todos. Em frases brilhantes, pintou um quadro da Fazenda dos Bichos retratando como poderia ser quando o trabalho infame fosse retirado das costas dos animais. Sua imaginação nesse momento ia muito além de moinho de cereais e cortadores de nabo. A eletricidade, dizia ele, poderia acionar debulhadoras, arados, grades, rolos compressores, ceifadoras e enfardadoras, além de abastecer cada baia com luz elétrica própria, água quente e fria e aquecedor elétrico. Quando terminou de falar, não havia dúvidas sobre o resultado da votação. Mas, justamente nesse momento, Napoleão se levantou e, lançando um olhar peculiar de soslaio para Bola de Neve, soltou um guincho estridente que ninguém jamais ouvira antes.

Ouviu-se um latido terrível do lado de fora, e nove cães enormes, usando coleiras com tachinhas de bronze, entraram correndo no celeiro. Foram direto para Bola de Neve, que saltou de seu lugar a tempo de escapar daquelas presas. Num instante, saiu porta afora, e os cães correram atrás dele. Muito surpresos e assustados para falar, todos os bichos se aglomeraram na porta para assistir à perseguição. Bola de Neve disparou pelo campo que levava até a estrada. Corria como só um porco sabe correr, mas os cachorros se aproximavam. De repente ele escorregou, e parecia certo que o pegariam. Então, pôs-se em pé outra vez e voltou a correr, agora mais rápido que nunca, mas os cães começaram a se aproximar novamente. Um deles quase cravou as presas na cauda de Bola de Neve, mas ele o sacudiu bem na hora. Em seguida, deu um impulso e, com alguns centímetros de sobra, escorregou por um buraco na cerca e sumiu.

Calados e assustados, os bichos rastejaram de volta ao celeiro. Logo depois, os cães retornaram correndo. A princípio ninguém conseguiu imaginar de onde aquelas criaturas tinham vindo, mas o problema foi logo desvendado: eram os filhotes que Napoleão tirara das mães e criara em segredo. Embora ainda não estivessem totalmente crescidos, eram cães grandes, com uma aparência tão assustadora quanto a de um lobo. Mantiveram-se perto de Napoleão. Notou-se que os filhotes abanavam a cauda para ele da mesma forma que os outros cães faziam com o sr. Jones.

Napoleão, com os cães o seguindo, subiu até o estrado, de onde o Major havia feito seu discurso. Anunciou que, daquele momento em diante, terminariam as Reuniões de domingo. Elas eram desnecessárias, disse ele, e uma perda de tempo. No futuro, todas as questões relativas ao funcionamento da fazenda seriam resolvidas por uma comissão especial de porcos, presidida por ele mesmo. O grupo se reuniria em particular e depois comunicaria suas decisões aos demais. Os bichos ainda se juntariam nas manhãs de domingo para saudar a bandeira, cantar "Bichos da Inglaterra" e receber as ordens da semana, mas não haveria mais debates.

Apesar do choque causado pela expulsão de Bola de Neve, os animais ficaram perplexos com a notícia. Vários teriam protestado se conseguissem encontrar os argumentos certos. Até Cravo ficou um pouco perturbado. Colocou as orelhas para trás, sacudiu a mecha várias vezes e tentou ao máximo organizar seus pensamentos, mas no final não conseguiu pensar em nada. Alguns porcos, porém, eram mais articulados. Quatro jovens leitões na primeira fila soltaram altos guinchos de desaprovação, e então se levantaram e começaram a falar ao mesmo tempo. Mas, de repente, os cães sentados ao redor de Napoleão soltaram um rosnado profundo e ameaçador, e os porcos fizeram silêncio e se sentaram. Em seguida, as ovelhas começaram um formidável balido: "Quatro pernas bom, duas pernas ruim!", que durou quase quinze minutos e acabou com qualquer possibilidade de discussão.

Posteriormente, Papudo foi enviado a toda a fazenda para explicar a nova situação aos demais.

— Camaradas — disse ele —, espero que todos os bichos aqui compreendam o sacrifício que o camarada Napoleão fez ao assumir esse trabalho extra. Não pensem, camaradas, que a liderança é um prazer! Pelo contrário, é uma grande e pesada responsabilidade. Ninguém mais do que o camarada Napoleão acredita que todos os bichos são iguais. Ele ficaria muito feliz em deixá-los tomar suas próprias decisões. Mas às vezes vocês podem tomar decisões erradas, camaradas, e então onde iríamos parar? Suponhamos que vocês tivessem decidido seguir Bola de Neve, com suas ideias de moinhos de vento... Bola de Neve que, como sabemos agora, não passava de um criminoso...

— Ele lutou bravamente na Batalha do Estábulo — disse alguém.

— Bravura não é suficiente — disse Papudo. — Lealdade e obediência são mais importantes. E quanto à Batalha do Estábulo, acredito que chegará o tempo em que descobriremos que a participação de Bola de Neve nela foi um tanto exagerada. Disciplina, camaradas, disciplina férrea! Essa é a palavra de ordem para hoje. Um passo em falso e nossos inimigos cairiam sobre nós. Com certeza, camaradas, vocês não querem Jones de volta.

Mais uma vez, esse argumento era irrespondível. Com certeza os bichos não queriam Jones de volta. Se a realização de debates nas manhãs de domingo era capaz de trazê-lo de volta, então os debates deveriam ser suspensos. Cravo, que então teve tempo de pensar, expressou o sentimento geral:

— Se o camarada Napoleão diz isso, deve estar certo.

E, a partir desse momento, adotou a máxima "Napoleão tem sempre razão", além de seu lema particular de "Trabalharei ainda mais".

A essa altura, o tempo havia piorado e a aradura da primavera tinha começado. O galpão onde Bola de Neve desenhara seus planos para o moinho de vento fora fechado e presumiu-se que os desenhos haviam sido apagados. Todos os domingos pela manhã, às dez horas, os bichos se reuniam no grande celeiro para receber as ordens da semana. O crânio do velho Major, agora sem carne, fora desenterrado do pomar e colocado em um toco ao pé do mastro, ao lado da espingarda. Após o hasteamento da bandeira, os animais eram obrigados a passar pelo crânio de maneira reverente antes de entrar no celeiro. Naquele momento, eles já não se sentavam todos juntos como antes. Napoleão, com Papudo e outro porco chamado Mínimo, que tinha um dom notável para compor canções e poemas, sentou-se à frente do estrado, com os nove cachorros em semicírculo ao redor deles e os outros porcos atrás. O resto dos bichos ficava de frente para eles no chão do celeiro. Napoleão lia as ordens da semana em um áspero estilo militar e, depois de cantarem uma única vez "Bichos da Inglaterra", todos os bichos se dispersavam.

No terceiro domingo após a expulsão de Bola de Neve, os bichos ficaram um tanto surpresos ao ouvir Napoleão anunciar que, afinal, o moinho de vento seria construído. Não deu nenhuma razão para ter mudado de ideia, apenas advertiu os bichos de que essa tarefa extra significava um trabalho muito duro, podendo até ser necessário reduzir suas rações. Os planos, no entanto, foram todos preparados até o último detalhe. Um comitê especial de porcos vinha trabalhando neles nas últimas três semanas. A construção do moinho, com várias outras melhorias, deveria levar dois anos.

Naquela noite, Papudo explicou em particular aos outros bichos que Napoleão nunca se opusera ao moinho de vento. Ao contrário, foi ele quem o defendeu no início, e o plano que Bola de Neve havia desenhado no chão do galpão das incubadoras na verdade fora roubado dos papéis de Napoleão. O moinho de vento foi, na realidade, criação do próprio Napoleão. Por que, então — alguém perguntou —, ele falou de maneira tão contrária ao moinho? Papudo mostrava-se muito astuto. Essa, disse o porco, foi a esperteza do camarada Napoleão. Ele *parecia* se opor ao moinho de vento simplesmente como uma manobra para se livrar de Bola de Neve, que tinha um péssimo caráter e era má influência. Uma vez que Bola de Neve estava fora do caminho, o plano poderia prosseguir sem sua interferência. Isso, disse Papudo, era uma coisa chamada tática. Ele repetiu várias vezes:

— Táticas, camaradas, táticas! — dizia, pulando e balançando o rabinho com uma risada alegre.

Os bichos não tinham certeza do que a palavra significava, mas Papudo foi tão persuasivo, e os três cães que por acaso estavam com ele rosnavam de forma tão ameaçadora, que eles aceitaram a explicação sem mais perguntas.

CAPÍTULO 6

Ao longo de todo aquele ano, os bichos trabalharam feito escravos. Mas estavam felizes em seu trabalho; não relutavam diante de nenhum esforço ou sacrifício, bem cientes de que tudo o que faziam era em benefício deles próprios e das gerações que estavam por vir, e não de um bando de humanos desocupados e ladrões.

Durante a primavera e o verão, labutaram sessenta horas por semana e, em agosto, Napoleão anunciou que também haveria serviço nas tardes de domingo. Esse trabalho era estritamente voluntário, mas qualquer bicho que se ausentasse teria sua ração reduzida pela metade. E ainda assim, foi necessário deixar algumas tarefas por fazer. A colheita foi um pouco menor que a do ano anterior, e duas lavouras que deveriam ter sido semeadas com raízes no início do verão não o foram porque a aradura não foi concluída a tempo. Dava para prever que o inverno vindouro seria difícil.

O moinho de vento apresentou dificuldades inesperadas. Havia na fazenda uma boa pedreira, e bastante areia e cimento foram encontrados em um dos anexos, de modo que dispunham de todos os materiais de construção. Mas o problema que os animais não conseguiram resolver de início foi como quebrar as pedras nos tamanhos desejados. Parecia não existir uma forma de fazer isso, exceto com picaretas e pés de cabra, que nenhum animal poderia usar, porque nenhum deles conseguiria ficar em pé sobre as patas traseiras. Somente após semanas de trabalho em vão a ideia certa ocorreu a alguém: aproveitar a força da gravidade. Pedras enormes, grandes demais para serem utilizadas, estavam espalhadas por todo o leito da pedreira. Os animais amarravam cordas em volta delas e, em seguida, todos juntos, vacas, cavalos, ovelhas ou qualquer bicho que pudesse segurar a corda — em momentos críticos, às vezes até mesmo os porcos participavam —, as arrastavam com desesperadora lentidão até o ponto mais alto da pedreira, de onde eram empurradas borda abaixo para que se despedaçassem. Transportar as pedras já quebradas era relativamente simples. Os cavalos carregavam-nas em carroças, as ovelhas arrastavam-nas de bloco em bloco, até Muriel e Benjamin se atrelavam a uma velha carroça e faziam sua parte. No final do verão, haviam acumulado um estoque suficiente de pedras, e a construção começou, sob a supervisão dos porcos.

Entretanto, era um processo lento e custoso. Com frequência, levavam um dia inteiro para arrastar uma única pedra até o topo da pedreira, e às vezes, quando era empurrada da borda, não quebrava. Nada teria sido feito sem Cravo, cuja força parecia igual à de todos os outros bichos juntos. Quando a pedra começava a deslizar e os animais gritavam de desespero ao se verem arrastados colina abaixo, era sempre Cravo quem se forçava contra a corda e detinha a pedra. Vê-lo subindo a encosta centímetro a centímetro, com a respiração acelerada, a ponta dos cascos arranhando o chão e os grandes flancos empapados de suor, enchia a todos de admiração. De vez em quando Canela o alertava para ter cuidado e não se esforçar demais, mas Cravo nunca lhe dava ouvidos. Seus dois lemas, "Trabalharei ainda mais" e "Napoleão tem sempre razão", pareciam-lhe uma resposta suficiente para todos os problemas. Pediu ao galo que o acordasse quarenta e cinco minutos mais cedo pela manhã, em vez de meia hora. E, nos momentos de folga, que naquela época não eram muitos, ele ia sozinho à pedreira, pegava uma carga de pedras quebradas e a arrastava até o local do moinho, sem ajuda de ninguém.

Os bichos não passaram tão mal naquele verão, apesar da dureza do trabalho. Se não dispunham de mais comida que nos tempos de Jones, tampouco tinham menos. A vantagem de alimentarem apenas a si mesmos, sem terem de sustentar cinco seres humanos perdulários também, era tão grande que compensava algumas falhas. E, de muitas maneiras, o método animal de fazer as coisas apresentava maior eficiência e economizava trabalho. Atividades como a remoção de ervas daninhas, por exemplo, poderiam ser feitas com uma perfeição que seria impossível aos seres humanos. E, mais uma vez, como nenhum bicho roubava, era desnecessário cercar o pasto para separá-lo das terras aráveis, o que poupava muito trabalho na construção de cercas e portões. No entanto, conforme o verão passava, várias carências imprevistas começaram a se fazer sentir. Havia necessidade de óleo de parafina, pregos, barbante, biscoitos para os cachorros e ferro para as ferraduras, e nenhum deles podia ser produzido na fazenda. Mais tarde também precisariam de sementes e adubos sintéticos, além de diversas ferramentas e, por fim, do maquinário do moinho. Ninguém podia imaginar como conseguir tudo aquilo.

Numa manhã de domingo, quando os bichos se reuniram para receber as ordens, Napoleão anunciou que havia decidido adotar

A REVOLUÇÃO DOS BICHOS 63

uma nova política. Daquele momento em diante, a Fazenda dos Bichos faria negócios com as fazendas vizinhas: não, é claro, para fins comerciais, mas apenas para obter certos materiais dos quais precisavam com urgência. Disse que as necessidades do moinho de vento deveriam se sobrepor a tudo o mais. Estava, portanto, fazendo arranjos para vender uma pilha de feno e parte da safra de trigo daquele ano e, mais tarde, se carecessem de mais dinheiro, teriam de recorrer à venda de ovos, para os quais sempre havia mercado em Willingdon. As galinhas, disse Napoleão, deveriam agradecer a oportunidade de oferecer esse sacrifício como contribuição especial para a construção do moinho de vento.

Mais uma vez, os animais sentiram uma vaga inquietação. Nunca ter nenhum contato com seres humanos, nunca fazer comércio, nunca fazer uso de dinheiro — não foram essas as resoluções iniciais aprovadas naquela primeira Reunião triunfante, depois que Jones foi expulso? Todos os bichos se lembravam de tais resoluções, ou pelo menos pensavam se lembrar. Os quatro porquinhos que protestaram quando Napoleão aboliu as Reuniões ergueram a voz timidamente, mas foram de pronto silenciados por um ameaçador rosnado dos cães. Então, como de costume, as ovelhas soltaram o "Quatro pernas bom, duas pernas ruim!", e o constrangimento momentâneo foi suavizado. Por fim, Napoleão levantou a pata pedindo silêncio e anunciou que já tinha tomado todas as providências. Não haveria necessidade de nenhum dos bichos entrar em contato com seres humanos, o que seria claramente inconveniente. Ele pretendia carregar todo o fardo nos próprios ombros. O sr. Whymper, um advogado que morava em Willingdon, concordou em atuar como intermediário entre a Fazenda dos Bichos e o mundo exterior, e visitaria a propriedade todas as segundas-feiras de manhã para receber as instruções.

Napoleão encerrou o discurso com seu grito habitual de "Vida longa à Fazenda dos Bichos!", e, após o canto de "Bichos da Inglaterra", os animais foram dispensados.

Depois disso, Papudo deu uma volta pela fazenda e acalmou os bichos. Assegurou-lhes que a resolução contra o comércio e o uso de dinheiro nunca foi aprovada, nem mesmo sugerida. Era pura imaginação, provavelmente tivera início nas mentiras divulgadas por Bola de Neve. Alguns bichos ainda se sentiam um pouco em dúvida, mas Papudo perguntou-lhes com astúcia:

— Vocês têm certeza de que isso não é algo com que sonharam, camaradas? Existe algum registro de tal resolução? Está escrito em algum lugar?

E como era certamente verdade que nada desse tipo existia por escrito, os bichos ficaram convencidos de que haviam se enganado.

Todas as segundas-feiras, o sr. Whymper visitava a fazenda conforme combinado. Era um homenzinho de aparência astuta com suíças grandes, um advogado sem muitos clientes, mas esperto o suficiente para perceber antes dos demais que a Fazenda dos Bichos precisaria de um corretor, e que as comissões valeriam a pena. Os bichos sentiam uma espécie de pavor ao observá-lo indo e vindo, e o evitavam o máximo. Contudo, a visão de Napoleão, de quatro, dando ordens a Whymper, que se apoiava em duas pernas, despertou o orgulho deles e em parte os reconciliou com a nova situação. As relações com a espécie humana já não eram exatamente as mesmas de antes. Os humanos não odiavam menos a Fazenda dos Bichos agora que ela prosperava; na verdade, odiavam-na mais do que nunca. Todo ser humano considerava questão de fé que a fazenda iria à falência mais cedo ou mais tarde e, acima de tudo, que o moinho seria um fracasso. Encontravam-se nas tavernas e provavam uns aos outros, por meio de diagramas, que o moinho estava fadado a desmoronar ou que, caso se mantivesse erguido, nunca funcionaria. E ainda assim, a contragosto, desenvolveram certo respeito pela eficiência com que os animais administravam seus interesses. Sintoma disso foi que começaram a chamar a Fazenda dos Bichos pelo nome correto e pararam de fingir que se chamava Fazenda do Solar. Também retiraram seu apoio a Jones, que havia perdido a esperança de retomar a fazenda e foi morar em outra parte do condado. Exceto por Whymper, até então não havia contato entre a Fazenda dos Bichos e o mundo exterior, mas já circulavam constantes rumores de que Napoleão estava prestes a fechar um acordo comercial definitivo com o sr. Pilkington, de Foxwood, ou com o sr. Frederick, de Pinchfield, mas sabia-se que nunca com os dois ao mesmo tempo.

Foi nessa época que os porcos de repente se mudaram para a casa-grande e passaram a morar lá. De novo os bichos pareceram recordar que uma resolução contra isso fora aprovada nos primeiros dias, e outra vez Papudo foi capaz de convencê-los de que não era esse o caso. Era imprescindível, disse ele, que os porcos, sabidamente os cérebros da fazenda, tivessem um lugar tranquilo para trabalhar. E viver em uma casa era mais adequado à dignidade do Líder (pois nos últimos tempos ele passara a se referir a Napoleão com o título de "Líder") do que em um mero chiqueiro. No entanto, alguns dos bichos ficaram perturbados ao saber que os porcos não só faziam as refeições na cozinha e usavam a sala de estar como área de recreação, mas também dormiam nas camas. Cravo resolveu o assunto como de costume com seu "Napoleão tem sempre razão!", mas Canela, que tinha a impressão de se lembrar de uma resolução definitiva contra camas, foi até o fundo do celeiro e tentou decifrar os Sete Mandamentos, que estavam ali escritos. Sentindo-se incapaz de ler mais do que algumas letras separadamente, foi buscar Muriel.

— Muriel — disse ela —, leia-me o Quarto Mandamento. Não diz alguma coisa sobre nunca dormir em uma cama?

Com alguma dificuldade, Muriel soletrou tudo.

— Diz que nenhum animal dormirá em uma cama *com lençóis* — ela anunciou por fim.

Curiosamente, Canela não se lembrava de o Quarto Mandamento mencionar lençóis, mas, como estava escrito na parede, devia estar correto. E Papudo, que por acaso passava ali naquele momento, acompanhado de dois ou três cães, foi capaz de colocar todo o assunto em sua devida perspectiva.

— Então vocês ouviram, camaradas — disse ele —, que nós, porcos, agora dormimos em camas da casa-grande? E por que não? Vocês não imaginam, decerto, que alguma vez existiu alguma lei contra *camas*, imaginam? A cama significa apenas um lugar para dormir. Uma pilha de palha em um estábulo também é uma cama. A regra era contra *lençóis*, que são uma invenção humana. Tiramos os lençóis das camas da casa-grande e dormimos entre os cobertores. E são camas muito confortáveis também! Mas não mais confortáveis do que precisamos, posso garantir, camaradas, com todo o trabalho intelectual que temos de fazer hoje em dia. Vocês não nos roubariam nosso merecido repouso, não é, camaradas? Não nos deixariam cansados demais para cumprir nossos deveres? Certamente nenhum de vocês deseja ver Jones de volta, não é mesmo?

Os animais tranquilizaram-no a esse respeito, e nada mais foi dito sobre os porcos dormirem nas camas da casa. E quando, alguns dias depois, foi anunciado que a partir de então os porcos se levantariam uma hora mais tarde que os outros bichos, também não houve reclamação.

No outono, os animais estavam cansados, mas felizes. O ano fora difícil e, mesmo com a venda de parte do feno e do milho, os estoques de alimentos para o inverno não eram muito grandes, mas o moinho compensava tudo. Já estava quase pela metade. Depois da colheita, houve um período de tempo bom, e os bichos trabalharam mais do que nunca, pensando que valia a pena andar para lá e para cá o dia todo com blocos de pedra, se assim conseguissem fazer as paredes subirem mais alguns centímetros. Cravo até saía à noite e trabalhava sozinho por uma ou duas horas à luz da lua cheia. Nos momentos de folga, os bichos davam voltas e mais voltas ao redor do moinho semiacabado, admirando a resistência e a solidez de suas paredes e maravilhando-se por terem sido capazes de construir algo tão imponente. Somente o velho Benjamin se recusava a entusiasmar-se com o moinho de vento, embora, como sempre, não fizesse nada além de algum comentário enigmático sobre os burros viverem muito tempo.

Novembro chegou com fortes ventos de sudoeste. A construção teve de parar porque estava úmido demais para misturar o cimento. Por fim, houve uma noite em que o vendaval foi tão violento que as edificações da fazenda balançaram sobre suas fundações, e várias telhas foram arrancadas do telhado do celeiro. As galinhas acordaram gritando, assustadas, porque haviam sonhado ao mesmo tempo com o barulho de um tiro à distância. Pela manhã, os bichos saíram de suas baias e descobriram que o mastro da bandeira havia sido derrubado e um olmo no sopé do pomar fora arrancado como um rabanete. Tinham acabado de perceber isso quando um grito de desespero irrompeu da garganta de cada animal. Seus olhos deram com uma cena terrível. O moinho de vento estava em ruínas.

Correram todos para o local. Napoleão, que raras vezes abandonava seu passo habitual, disparou à frente de todos. Sim, ali estava o moinho, fruto de todas as suas lutas, derrubado até as fundações, as pedras que haviam quebrado e carregado tão laboriosamente espalhadas por toda parte. A princípio incapazes de falar, ficaram olhando com tristeza a desordem das pedras caídas. Napoleão andava de um lado para o outro em silêncio, às vezes farejando o chão. Sua cauda ficou rígida e crispou-se fortemente de um lado para o outro, num sinal de intensa atividade mental. De repente, parou como se tivesse chegado a uma conclusão.

— Camaradas — ele disse em tom calmo —, vocês sabem quem é o responsável por isso? Sabem quem foi o inimigo que veio à noite e derrubou nosso moinho de vento? BOLA DE NEVE! — rugiu ele de súbito, com uma voz de trovão. — Bola de Neve fez isso! Por pura maldade, pensando em atrasar nossos planos e vingar-se por sua ignominiosa expulsão, esse traidor se esgueirou até aqui sob o manto da escuridão e destruiu nosso trabalho de quase um ano inteiro. Camaradas, aqui e agora pronuncio a sentença de morte para Bola de Neve. Uma condecoração de "Bicho Herói, Segunda Classe" e meio balde de maçãs a qualquer bicho que fizer justiça. Um balde cheio a quem o capturar vivo!

Os bichos sofreram um choque imenso ao saber que Bola de Neve poderia ser o culpado por uma coisa daquelas. Houve um grito de indignação, e todos começaram a pensar em maneiras de apanhar Bola de Neve se ele voltasse. Quase imediatamente, pegadas de um porco foram descobertas na grama, a uma pequena distância da colina. Só puderam ser rastreadas por alguns metros, mas pareciam levar a um buraco que ia até a sebe. Napoleão cheirou-as vigorosamente e declarou serem de Bola de Neve. Na sua opinião, era muito provável que Bola de Neve tivesse vindo da Fazenda Foxwood.

— Não vamos perder tempo, camaradas! — gritou Napoleão depois que as pegadas foram examinadas. — Há trabalho a ser feito. Nesta mesma manhã recomeçaremos a construção do moinho de vento, e trabalharemos durante todo o inverno, faça chuva ou faça sol. Mostraremos a esse infeliz traidor que ele não pode desfazer nosso trabalho tão facilmente. Lembrem-se, camaradas, não deve haver alteração em nossos planos: eles serão cumpridos à risca. Avante, camaradas! Viva o moinho de vento! Vida longa à Fazenda dos Bichos!

CAPÍTULO 7

FOI UM RIGOROSO INVERNO. Ao clima tempestuoso, seguiram-se granizo e neve e, depois, uma forte geada que só terminou em meados de fevereiro. Os bichos fizeram o melhor que podiam pela reconstrução do moinho, pois sabiam muito bem que o mundo lá fora os observava e que os invejosos seres humanos vibrariam de alegria caso o moinho não ficasse pronto a tempo.

Por despeito, os seres humanos fingiram não acreditar que tivesse sido Bola de Neve quem destruíra o moinho: diziam que ele desabara porque as paredes eram muito finas. Os bichos sabiam que não era esse o caso. Mesmo assim, dessa vez decidiram construir paredes com noventa centímetros de espessura, em vez dos quarenta e cinco do projeto inicial, o que exigiria uma quantidade maior de pedras. Por muito tempo, a pedreira ficou cheia de neve e nada pôde ser feito. Obtiveram algum progresso no tempo frio e seco que se seguiu, mas era um trabalho cruel, e os bichos já não se sentiam tão esperançosos quanto antes. Estavam sempre com frio e geralmente com fome. Apenas Cravo e Canela nunca esmoreciam. Papudo fez ótimos discursos sobre a alegria do serviço e a dignidade do trabalho, mas os outros bichos encontraram mais inspiração na força de Cravo e em seu lema infalível "Trabalharei ainda mais!".

Em janeiro, a comida diminuiu. A ração de milho foi drasticamente reduzida e anunciou-se que uma porção extra de batata seria fornecida para compensar. Logo depois, descobriu-se que a maior parte da colheita de batatas congelara nas pilhas, as quais não foram protegidas o suficiente. Estavam moles e pálidas, e apenas algumas ainda podiam ser consumidas. Por vários dias, os bichos não tiveram nada para comer, a não ser palha e beterrabas. Eles pareciam prestes a enfrentar a fome.

Era imprescindível ocultar esse fato do restante do mundo. Encorajados pelo colapso do moinho de vento, os humanos estavam inventando novas mentiras sobre a Fazenda dos Bichos. Mais uma vez, dizia-se que todos os animais morriam de fome e doenças, lutavam continuamente entre si e haviam recorrido ao canibalismo e ao infanticídio. Napoleão estava bem ciente dos maus resultados que poderiam ocorrer se a verdade sobre a situação alimentar dos bichos se tornasse pública, e decidiu valer-se do sr. Whymper para espalhar uma impressão contrária. Até então, os bichos tinham pouco ou nenhum contato com Whymper em suas visitas semanais: agora, no entanto, alguns bichos selecionados, sobretudo ovelhas, foram instruídos a comentar casualmente, mas de forma bem audível, que as rações haviam sido aumentadas. Além disso, Napoleão ordenou que as latas quase vazias do galpão fossem preenchidas com areia quase até a borda, cobrindo-se o restante delas com grãos e farinha. Sob um pretexto qualquer, Whymper foi conduzido pelo galpão e teve permissão para ver as latas. Foi enganado e continuou relatando ao mundo exterior que não havia escassez de alimentos na Fazenda dos Bichos.

Entretanto, no final de janeiro, tornou-se óbvio que precisavam obter mais grãos em algum lugar. Naqueles dias, Napoleão raramente aparecia em público, mas passava todo o tempo na casa-grande, vigiada em cada porta por cães de aparência feroz. Quando surgia, era de maneira cerimonial, com uma escolta de seis cães, que o cercavam de perto e rosnavam caso alguém se aproximasse demais. Com frequência não aparecia sequer nas manhãs de domingo, mas repassava suas ordens por meio de um dos outros porcos, em geral, Papudo.

Numa dessas manhãs, Papudo anunciou que as galinhas, que acabavam de entrar para botar novamente, deveriam entregar seus ovos. Napoleão aceitara, por intermédio de Whymper, um contrato de fornecimento de quatrocentos ovos por semana. O valor obtido com as vendas pagaria por grãos e farinha suficientes para manter a fazenda funcionando até que o verão chegasse e as condições do clima melhorassem.

Quando as galinhas ouviram o anúncio, soltaram um cacarejo terrível. Já haviam sido avisadas de que esse sacrifício poderia ser necessário, mas não acreditavam que de fato aconteceria. Preparavam suas ninhadas para a chocagem da primavera e protestaram, afirmando que tomar os ovos agora era assassinato. Pela primeira vez desde a expulsão de Jones, houve algo semelhante a uma rebelião. Lideradas por três jovens frangas pretas da raça Minorca, as galinhas fizeram um esforço determinado para frustrar os desejos de Napoleão. O método usado era voar até as vigas e ali depositar seus ovos, que se despedaçavam no chão. Napoleão agiu com rapidez e crueldade. Ordenou que as rações das galinhas fossem suspensas e decretou que qualquer animal que desse um grão de milho a uma galinha deveria ser punido com a morte. Os cães cuidaram para que essas ordens fossem cumpridas. Por cinco dias

A REVOLUÇÃO DOS BICHOS 73

as galinhas resistiram, depois capitularam e voltaram aos ninhos. Nove galinhas morreram nesse ínterim. Os corpos foram enterrados no pomar, e a informação divulgada era que haviam morrido de coccidiose. Whymper nada ouviu sobre o caso, e os ovos foram devidamente entregues. Uma carroça do merceeiro ia até a fazenda uma vez por semana para levá-los embora.

Durante todo esse tempo, não se falou mais em Bola de Neve. Diziam que estava escondido em uma das fazendas vizinhas, Foxwood ou Pinchfield. Nessa época, as relações que Napoleão mantinha com os outros fazendeiros já eram um pouco melhores do que outrora. Acontece que havia no pátio um amontoado de madeira empilhado lá dez anos antes, quando um bosque de faias foi derrubado. A madeira estava bem seca, e Whymper aconselhou Napoleão a vendê-la; e tanto o sr. Pilkington quanto o sr. Frederick estavam ansiosos para comprá-la. Napoleão hesitava entre os dois, incapaz de se decidir. Sempre que parecia prestes a chegar a um acordo com Frederick, anunciavam que Bola de Neve estava escondido em Foxwood; e, quando ele se inclinava a Pilkington, afirmavam que Bola de Neve poderia estar em Pinchfield.

De repente, no início da primavera, algo alarmante foi descoberto. Bola de Neve estava frequentando secretamente a fazenda à noite! Os animais ficaram tão perturbados que mal conseguiam dormir nas baias. Dizia-se que todas as noites ele vinha rastejando sob o manto da escuridão e fazia todo tipo de travessura. Roubava milho, entornava os baldes de leite, quebrava ovos, pisava nos canteiros, roía a casca das árvores frutíferas. Sempre que alguma coisa dava errado, era comum atribuir o ocorrido a Bola de Neve. Se uma janela fosse quebrada ou um ralo entupisse, alguém logo diria que Bola de Neve tinha vindo à noite e feito aquilo, e quando a chave do galpão foi perdida, toda a fazenda estava convencida de que Bola de Neve a havia jogado no poço. Curiosamente, continuaram acreditando nisso mesmo depois que a chave foi encontrada debaixo de um saco de farinha. As vacas declararam por unanimidade que Bola de Neve entrou em suas baias e as ordenhou durante o sono. Os ratos, que tinham causado problema naquele inverno, também foram considerados aliados de Bola de Neve.

Napoleão decretou que deveria haver uma ampla investigação sobre as atividades de Bola de Neve. Acompanhado de seus cães, ele partiu e fez uma cuidadosa inspeção nas instalações da fazenda, os outros animais seguindo-o a uma distância respeitosa. A cada poucos passos, Napoleão parava e farejava o solo em busca de rastros dos passos de Bola de Neve, que, disse ele, podia detectar pelo cheiro. Farejou todos os cantos — o celeiro, o estábulo, os galinheiros, a horta — e encontrou vestígios de Bola de Neve em quase toda parte. Colocava o focinho no chão, dava várias fungadas profundas e exclamava com uma voz terrível: "Bola de Neve! Ele esteve aqui! Posso sentir seu cheiro inconfundível!", e ao ouvirem as palavras "Bola de Neve" todos os cães soltavam rosnados aterrorizantes e arreganhavam os dentes.

Os animais ficaram totalmente assustados. Parecia-lhes que Bola de Neve era algum tipo de influência invisível, permeando o ar ao seu redor e ameaçando-os com todos os perigos possíveis. À noite, Papudo os chamou e, com uma expressão alarmada, disse que tinha notícias sérias para contar.

— Camaradas! — gritou Papudo, dando pequenos saltos nervosos. — Uma coisa terrível foi descoberta. Bola de Neve aliou-se a Frederick, da Fazenda Pinchfield, que neste momento está planejando nos atacar e tirar a fazenda de nós! Bola de Neve deve atuar como seu guia quando o ataque começar. Mas há algo pior do que isso. Havíamos pensado que a rebelião de Bola de Neve fora causada simplesmente por vaidade e ambição. Mas estávamos errados, camaradas. Vocês sabem qual foi o verdadeiro motivo? Bola de Neve era aliado de Jones desde o início! Era o agente secreto de Jones o tempo todo. Tudo está provado por documentos que ele deixou e que acabamos de descobrir. Na minha opinião, isso explica muito, camaradas. Não vimos por nós mesmos como ele tentou, felizmente sem sucesso, nos derrotar e destruir na Batalha do Estábulo?

Os animais ficaram estupefatos. Foi uma maldade que superou em muito a destruição do moinho de vento por Bola de Neve. Mas se passaram alguns minutos até que pudessem absorver a notícia. Todos se lembravam, ou pensavam se lembrar, de como tinham visto Bola de Neve avançando à frente deles na Batalha do Estábulo, de como ele os reunira e encorajara a cada passo, e de como não hesitou por um instante, mesmo quando os tiros da arma de Jones feriram suas costas. No início, foi um pouco difícil entender como isso se encaixava no fato de ele ter se aliado a Jones. Até Cravo, que quase nunca fazia perguntas, ficou intrigado. Deitou-se, colocou os cascos dianteiros sob o corpo, fechou os olhos e, com grande esforço, conseguiu expressar seus pensamentos.

— Não acredito nisso — disse ele. — Bola de Neve lutou bravamente na Batalha do Estábulo. Eu mesmo vi. Não demos a ele a condecoração "Bicho Herói, Primeira Classe" logo depois?

— Esse foi o nosso erro, camarada. Pois agora sabemos, e está tudo escrito nos documentos secretos encontrados, que na realidade foi uma tentativa de nos atrair para a ruína.

— Mas ele estava ferido — disse Cravo. — Todos nós o vimos correndo ensanguentado.

— Isso fazia parte do plano! — gritou Papudo. — O tiro de Jones o acertou apenas de raspão. Eu poderia mostrar isso a vocês, escrito nas palavras do próprio Bola de Neve, se vocês soubessem ler. A trama era para Bola de Neve, no momento decisivo, dar o sinal para retirada e deixar o campo para o inimigo. E ele quase conseguiu... digo mais, camaradas, ele *teria sido* bem-sucedido se não fosse por nosso líder heroico, o camarada Napoleão. Vocês não se lembram de como, bem no momento em que Jones e seus homens entraram no pátio, Bola de Neve de repente se virou e fugiu, e muitos animais o seguiram? E vocês não se lembram, também, de que foi exatamente naquele instante, quando o pânico se espalhava e tudo parecia perdido, que o camarada Napoleão saltou para a frente com um grito de "Morte à Humanidade!" e cravou os dentes na perna de Jones? Com certeza vocês se lembram *disso*, camaradas! — alardeou Papudo, saltitando de um lado para o outro.

Depois que Papudo descreveu a cena de forma tão vívida, pareceu aos animais que de fato se lembravam dela. De qualquer forma, recordaram-se de que, no momento decisivo da batalha, Bola de Neve se virara para fugir. Mas Cravo ainda estava um pouco incomodado.

— Não acredito que Bola de Neve tenha sido um traidor no começo — ele disse, por fim. — O que ele fez depois é diferente. Mas acredito que, na Batalha do Estábulo, ele foi um bom camarada.

— Nosso líder, o camarada Napoleão — anunciou Papudo, falando muito devagar e com firmeza —, declarou categoricamente, categoricamente, camarada, que Bola de Neve era agente de Jones desde o começo... sim, e muito antes de se pensar na Rebelião.

— Ah, isso é diferente! — disse Cravo. — Se o camarada Napoleão diz, deve estar certo.

— Esse é o verdadeiro espírito, camarada! — gritou Papudo, mas todos notaram o olhar muito feio que ele lançou a Cravo com seus olhinhos cintilantes. Ele se virou para ir embora, então fez uma pausa e acrescentou, de maneira a impressionar: — Aviso a todos os animais desta fazenda que mantenham os olhos bem abertos. Pois temos motivos para pensar que alguns dos agentes secretos de Bola de Neve estão ocultos entre nós neste momento!

Quatro dias depois, no final da tarde, Napoleão ordenou que todos os animais se reunissem no pátio. Quando todos chegaram, Napoleão surgiu da casa-grande ostentando duas medalhas (pois recentemente condecorara a si mesmo com "Bicho Herói, Primeira Classe" e "Bicho Herói, Segunda Classe"), com os nove enormes cães saltando ao seu redor e soltando rosnados que causavam arrepios na espinha de todos os animais. Em silêncio, todos se encolheram em seus lugares, parecendo antever que algo terrível aconteceria.

Napoleão postou-se diante de sua plateia e a examinou com severidade; então, soltou um guincho bem agudo. Imediatamente os cães avançaram, agarraram quatro dos porcos pela orelha e os arrastaram, aos guinchos de dor e terror, até os pés de Napoleão. As orelhas dos porcos sangravam; os cães tinham sentido gosto de sangue e, por alguns instantes, pareceram enlouquecer. Para espanto de todos, três deles se lançaram na direção de Cravo. Ele os viu se aproximar e esticou seu grande casco, acertando um deles no ar e prendendo-o no chão. O cachorro ganiu por misericórdia, e os outros dois fugiram com o rabo entre as pernas. Cravo olhou para Napoleão para saber se deveria esmagar o cachorro até a morte ou deixá-lo ir. Napoleão pareceu mudar de semblante e ordenou bruscamente a Cravo que soltasse o cachorro; quando ele ergueu o casco, o cachorro escapuliu, machucado e aos uivos.

Logo o tumulto diminuiu. Os quatro porcos esperaram, tremendo, com a culpa estampada em cada linha de seus semblantes. Napoleão agora os chamava para confessar seus crimes. Eram os mesmos quatro porcos que protestaram quando Napoleão aboliu as Reuniões dominicais. Sem que nada lhes fosse dito, confessaram ter estado secretamente em contato com Bola de Neve desde sua expulsão, colaborado com ele na destruição do moinho de vento e feito um acordo com ele para entregar a Fazenda dos Bichos ao sr. Frederick. Acrescentaram que Bola de Neve admitira, em conversa privada, ter sido o agente secreto de Jones nos últimos anos. Quando terminaram a confissão, tiveram a garganta imediatamente dilacerada pelos cães, e Napoleão, com uma voz assustadora, perguntou se algum outro bicho tinha algo a confessar.

As três galinhas que haviam liderado a tentativa de rebelião por causa dos ovos se apresentaram e afirmaram que Bola de Neve tinha lhes aparecido em um sonho, incitando-as a desobedecer às ordens de Napoleão. Também foram massacradas. Em seguida, um ganso se apresentou e confessou ter escondido seis espigas de milho durante a colheita do ano anterior e as comido durante a noite. Depois, uma ovelha confessou ter urinado no açude, instada a fazê-lo, disse ela, por Bola de Neve, e outras duas confessaram ter assassinado um velho carneiro, seguidor especialmente devotado de Napoleão, perseguindo-o em torno de uma fogueira quando ele enfrentava um ataque de tosse. Foram todos imediatamente aniquilados. E assim a história de confissões e execuções continuou, até que se formou uma pilha de cadáveres aos pés de Napoleão e o ar ficou pesado com o cheiro de sangue, o que não ocorria desde a expulsão de Jones.

Quando tudo acabou, os bichos restantes, exceto porcos e cachorros, lentamente se retiraram juntos. Estavam abalados e angustiados. Não sabiam o que era mais chocante — a traição dos animais que se uniram a Bola de Neve ou a cruel repressão que tinham acabado de testemunhar. Nos velhos tempos, com frequência aconteciam cenas de derramamento de sangue igualmente terríveis, mas parecia a todos que era muito pior agora que estava acontecendo entre eles. Desde que Jones saiu da fazenda até aquele momento, nenhum bicho havia matado outro bicho. Nem mesmo um rato fora morto. Tinham percorrido o caminho até a pequena colina onde ficava o moinho de vento semiacabado e, de comum acordo, todos se deitaram como se estivessem aninhados para aquecer uns aos outros — Canela, Muriel, Benjamin, as vacas, as ovelhas e um bando inteiro de gansos e galinhas. Todos, na verdade, exceto a gata, que havia desaparecido repentinamente pouco antes de Napoleão ordenar que os animais se reunissem. Por algum tempo ninguém falou nada. Apenas Cravo permaneceu de pé. Agitava-se de um lado para outro, abanando a longa cauda preta contra os flancos e às vezes soltando um breve relincho de surpresa. Por fim, disse:

— Não entendo isso. Eu não teria acreditado que tais coisas pudessem acontecer em nossa fazenda. Deve ser alguma falha em nós mesmos. A solução, a meu ver, é trabalhar mais. De agora em diante, vou me levantar uma hora inteira mais cedo pela manhã.

E saiu em seu trote mais pesado, na direção da pedreira. Ao chegar lá, coletou duas cargas sucessivas de pedra e arrastou-as até o moinho de vento antes de dormir.

Os animais amontoaram-se em volta de Canela, em silêncio. A colina onde estavam deitados proporcionava uma ampla visão do campo. A maior parte da Fazenda dos Bichos estava ao alcance de seus olhos — o imenso pasto que se estendia até a estrada principal, a lavoura de feno, o bosque, o açude, os campos arados, onde o trigo era espesso e verde, e o telhado vermelho das instalações da fazenda, com a fumaça saindo das chaminés. Era um fim de tarde claro de primavera. A grama e as sebes a germinar pareciam tingidas de dourado pelos raios horizontais do sol. Nunca a fazenda — e, com uma espécie de surpresa, eles lembraram que era sua própria fazenda, cada centímetro dela era sua propriedade — pareceu aos bichos um lugar tão agradável. Enquanto Canela olhava colina abaixo, seus olhos se encheram de lágrimas. Se pudesse ter manifestado seus pensamentos, seria para dizer que não era isso que pretendiam quando, anos atrás, se puseram a trabalhar para derrubar a raça humana. Essas cenas de terror e massacre não eram o que esperavam naquela noite em que o velho Major os incitou à rebelião. Se ela mesma tivesse imaginado como seria o futuro, teria visto uma sociedade de animais libertados da fome e do chicote, todos iguais, cada um trabalhando conforme sua capacidade, o forte protegendo o fraco, como ela protegera a ninhada de patinhos perdidos com sua pata dianteira na noite do discurso do Major. Em vez disso, ela não entendia por quê, eles viviam um tempo em que ninguém ousava expressar o que pensava, em que cães ferozes a rosnar vagavam por toda parte, e em que se testemunhava seus camaradas serem estraçalhados após confessarem crimes chocantes. Não lhe ocorria nenhum pensamento de rebelião ou desobediência. Ela sabia que, mesmo do jeito que as coisas iam, estavam muito melhores do que na época de Jones, e que antes de tudo era preciso evitar o retorno dos seres humanos. O que quer que acontecesse, ela se manteria leal, trabalharia duro, cumpriria as ordens que lhe eram dadas e aceitaria a liderança de Napoleão. Ainda assim, não foi por isso que ela e todos os outros animais esperaram e labutaram. Não foi para isso que construíram o moinho de vento e enfrentaram os tiros disparados por Jones. Esses eram seus pensamentos, embora ela não tivesse palavras para expressá-los.

Por fim, sentindo que, de alguma forma, substituía as palavras que não conseguia encontrar, Canela começou a cantar "Bichos da Inglaterra". Os outros, sentados à sua volta, a acompanharam e cantaram três vezes — com muita harmonia, mas de maneira lenta e triste, de um jeito que nunca haviam cantado antes.

Mal tinham acabado de cantar pela terceira vez, Papudo, acompanhado de dois cães, aproximou-se deles com ares de quem tinha algo importante a dizer. Anunciou que, por decreto especial do camarada Napoleão, "Bichos da Inglaterra" havia sido banida. A partir de agora estavam proibidos de cantá-la.

Os animais foram pegos de surpresa.

— Por quê? — gritou Muriel.

— Não é mais necessário, camarada — disse Papudo, com firmeza. — "Bichos da Inglaterra" era a canção da Rebelião. Mas a Rebelião agora está concluída. A execução dos traidores nesta tarde foi o ato final. O inimigo externo e interno foi derrotado. Em "Bichos da Inglaterra", expressamos nosso desejo por uma sociedade melhor nos dias que virão. Mas essa sociedade já foi estabelecida. É evidente, então, que essa música não tem mais nenhum propósito.

Por mais assustados que estivessem, alguns dos bichos poderiam ter protestado, mas, nesse momento, as ovelhas começaram seu balido habitual de "Quatro pernas bom, duas pernas ruim", que se prolongou por vários minutos e pôs fim à discussão.

Assim, "Bichos da Inglaterra" não foi mais cantada. Em seu lugar, Mínimo, o poeta, compôs outra canção, que começava assim:

Fazenda dos Bichos, Fazenda dos Bichos,
Nunca me usarão para te prejudicar!

a qual passou a ser cantada todos os domingos de manhã, após o hasteamento da bandeira. Mas, de algum modo, nem as palavras nem a melodia lhes pareciam chegar aos pés de "Bichos da Inglaterra".

CAPÍTULO 8

ALGUNS DIAS DEPOIS, QUANDO o terror causado pelas execuções cessou, alguns dos animais se lembraram — ou pensaram ter se lembrado — de que o Sexto Mandamento decretava: "Nenhum animal matará outro animal". E embora ninguém se importasse em mencioná-lo aos ouvidos dos porcos ou dos cães, parecia que as matanças ocorridas não combinavam com ele. Canela pediu a Benjamin que lesse para ela o Sexto Mandamento, e, quando Benjamin, como sempre, disse que se recusava a se intrometer em tais assuntos, procurou Muriel. Muriel leu o mandamento para ela. Dizia:

— Nenhum animal matará outro animal *sem motivo.*

De uma forma ou de outra, as duas últimas palavras escaparam da lembrança dos animais. Mas viram agora que o Mandamento não fora violado, pois estava claro que havia um bom motivo para matar os traidores que se uniram a Bola de Neve.

Ao longo do ano, os animais trabalharam ainda mais arduamente do que no ano anterior. A reconstrução do moinho de vento, com paredes de espessura agora duplicada, e a conclusão da obra na data marcada, somadas ao trabalho regular da fazenda, foram uma tremenda operação. Havia ocasiões em que os bichos pareciam trabalhar por mais horas, e não se alimentavam melhor do que na época de Jones. Nas manhãs de domingo, Papudo, segurando um longo pedaço de papel com as patas, lia para eles listas de estatísticas provando que a produção de cada classe de alimento havia aumentado em duzentos por cento, trezentos por cento ou quinhentos por cento, conforme o caso. Os bichos não viam razão para não acreditar nele, especialmente porque não podiam mais se lembrar com clareza de como eram as condições antes da Rebelião. Mesmo assim, em alguns dias sentiram que antes tinham menos estatísticas e mais comida.

Todas as ordens agora eram emitidas por Papudo ou um dos outros porcos. O próprio Napoleão não era visto em público mais do que uma vez a cada quinze dias. Quando aparecia, estava acompanhado não apenas de sua matilha de cães, mas de um galo preto que marchava à frente dele e agia como uma espécie de trompetista, soltando um alto "cocoricó" antes de Napoleão falar. Diziam que, mesmo na casa-grande, Napoleão morava em aposentos separados dos demais. Fazia as refeições sozinho, com dois cachorros para servi-lo, e sempre usando o conjunto de jantar de porcelana, que ficava na cristaleira da sala de estar. Também foi anunciado que a arma seria disparada todos os anos no aniversário de Napoleão, assim como nas outras duas celebrações.

Napoleão nunca era chamado simplesmente de "Napoleão". Referiam-se a ele de maneira formal, como "nosso Líder, camarada Napoleão", e os porcos gostavam de inventar para ele títulos como Pai de Todos os Bichos, Terror da Humanidade, Protetor dos Apriscos, Amigo dos Patinhos, entre outros. Em seus discursos, Papudo falava, com as lágrimas rolando pelo rosto, da sabedoria de Napoleão, da bondade de seu coração e do profundo amor que nutria por todos os bichos de todos os lugares, até mesmo — e em especial — pelos bichos infelizes que ainda viviam na ignorância e na escravidão de outras fazendas. Tornou-se comum creditar a Napoleão cada realização bem-sucedida e cada golpe de sorte. Ouvia-se com frequência uma galinha comentar com outra: "Sob a orientação de nosso Líder, o camarada Napoleão, botei cinco ovos em seis dias"; ou duas vacas que, tomando uma água no açude, exclamavam: "Graças à liderança do camarada Napoleão, que gosto excelente tem esta água!". O sentimento geral na fazenda era bem expresso em um poema intitulado "Camarada Napoleão", que foi composto por Mínimo e dizia o seguinte:

Amigo dos órfãos!
Fonte da satisfação!
Senhor do balde de lavagem! Ah, como minha alma
Arde quando vejo o teu
Olhar calmo e confiante,
Como o sol lá no céu,
Camarada Napoleão!

És tu o senhor que dá
O que tuas criaturas querem ganhar,
Barriga cheia duas vezes ao dia, palha limpa onde rolar;
Os bichos de todos os tamanhos
Dormem em paz nos cercados,
E tu cuidas dos rebanhos,
Camarada Napoleão!

Tivesse eu um leitão,
Antes de ficar grandão

Como um garrafão de cerveja ou barril,
Ele decerto aprenderia
A ser fiel e leal a ti,
Sim, seu primeiro guincho diria
"Camarada Napoleão!".

Napoleão aprovou o poema e mandou que fosse escrito no grande celeiro, na parede oposta à dos Sete Mandamentos. Acima dele foi pendurado um retrato de Napoleão, de perfil, feito por Papudo em tinta branca.

Enquanto isso, por intermédio de Whymper, Napoleão estava envolvido em complicadas negociações com Frederick e Pilkington. A pilha de madeira ainda não tinha sido vendida. Dos dois, Frederick mostrava-se o mais ansioso por obtê-la, mas não ofereceu um preço razoável. Ao mesmo tempo, existiam novos rumores de que Frederick e seus homens estavam conspirando para atacar a Fazenda dos Bichos e destruir o moinho de vento, cuja construção despertara nele enorme inveja. Sabia-se que Bola de Neve ainda estava escondido na Fazenda Pinchfield. No meio do verão, os bichos ficaram alarmados ao ouvir que três galinhas haviam se apresentado e confessado que, sob inspiração de Bola de Neve, tinham tramado um complô para assassinar Napoleão. Foram executadas imediatamente, e tomaram-se novas precauções para a segurança de Napoleão. Quatro cães guardavam sua cama à noite, um em cada canto, e um jovem porco chamado Rosáceo foi incumbido de provar toda a comida antes de Napoleão consumi-la, para ter certeza de que não estava envenenada.

Mais ou menos na mesma época, foi divulgado que Napoleão providenciara a venda da pilha de madeira ao sr. Pilkington; ele também fecharia um acordo para a troca regular de certos produtos entre a Fazenda dos Bichos e a Foxwood. As relações de Napoleão com Pilkington, embora fossem conduzidas apenas por meio de Whymper, agora eram quase amistosas. Os bichos não confiavam em Pilkington, ser humano que era, mas o preferiam a Frederick, a quem ambas as partes temiam e odiavam. Conforme o verão avançava e a construção do moinho de vento se aproximava do término, rumores de um iminente ataque traiçoeiro se intensificavam cada vez mais. Diziam que Frederick pretendia atacá-los com vinte homens, todos armados, e já tinha subornado os magistrados e a polícia, de modo que, se pudesse botar as mãos nos títulos de propriedade da Fazenda dos Bichos, não lhe fariam perguntas. Além disso, vazavam de Pinchfield histórias terríveis sobre as crueldades que Frederick praticava com seus bichos. Ele havia açoitado um velho cavalo até a morte, deixava as vacas famintas, matara um cachorro jogando-o na fornalha, divertia-se à noite fazendo galos lutarem entre si com lascas de lâmina de barbear amarradas aos esporões. O sangue dos bichos ferveu de raiva quando ouviram que essas coisas vinham sendo feitas a seus camaradas, e às vezes clamavam pela permissão de sair juntos e atacar a Fazenda Pinchfield, expulsar os humanos e libertar os bichos. Mas Papudo os aconselhou a evitar ações precipitadas e confiar na estratégia do camarada Napoleão.

No entanto, os sentimentos de ódio contra Frederick continuaram a crescer. Numa manhã de domingo, Napoleão apareceu no celeiro e explicou que nunca pensara em vender a pilha de madeira a Frederick; considerava abaixo de sua dignidade, disse ele, lidar com canalhas dessa estirpe. Os pombos, que ainda eram enviados para disseminar as notícias da Rebelião, foram proibidos de colocar os pés em qualquer ponto de Foxwood e obrigados a abandonar seu antigo slogan "Morte à Humanidade" em favor de

"Morte a Frederick". No final do verão, mais uma das maquinações de Bola de Neve foi revelada. A safra de trigo estava cheia de ervas daninhas, e descobriram que em uma de suas visitas noturnas ele havia misturado sementes de ervas daninhas às sementes de milho. Um ganso que conhecia a história toda confessou sua culpa a Papudo e imediatamente cometeu suicídio engolindo bagas mortais de beladona. Os bichos também souberam que Bola de Neve nunca havia — como muitos deles acreditavam até então — recebido a medalha de "Bicho Herói, Primeira Classe". Era apenas uma lenda que fora espalhada algum tempo depois da Batalha do Estábulo pelo próprio Bola de Neve. Longe de ser condecorado, tinha sido censurado por demonstrar covardia na batalha. Mais uma vez, alguns dos bichos ouviram as revelações com certo espanto, mas Papudo logo foi capaz de convencê-los de que suas lembranças sofreram um lapso.

No outono, após um esforço tremendo e exaustivo, pois a colheita tinha de ser feita praticamente ao mesmo tempo, o moinho foi concluído. O maquinário ainda precisava ser instalado, e Whymper negociava a compra, mas a estrutura estava concluída. A despeito de todas as dificuldades, apesar da inexperiência, dos implementos primitivos, do azar e da traição de Bola de Neve, o trabalho fora finalizado pontualmente no dia marcado! Cansados, mas orgulhosos, os bichos andavam em círculos em torno de sua obra-prima, que parecia ainda mais bonita aos seus olhos do que quando fora construída pela primeira vez. Além disso, as paredes tinham o dobro da espessura anterior. Nada menos que explosivos as derrubariam desta vez! E quando pensaram em como haviam trabalhado, em quanto desânimo tinham superado e na enorme diferença que faria em suas vidas quando as pás estivessem girando e os dínamos, correndo, quando pensaram em tudo isso, o cansaço os abandonou e eles deram saltos ao redor do moinho de vento, soltando gritos de alegria. O próprio Napoleão, acompanhado de seus cães e seu galo, desceu para inspecionar a obra pronta; parabenizou pessoalmente os bichos pela conquista e anunciou que o moinho se chamaria "Moinho do Napoleão".

Dois dias depois, os bichos foram convocados para uma reunião especial no celeiro. Ficaram mudos de surpresa quando Napoleão anunciou que havia vendido a pilha de madeira a Frederick. No dia seguinte, os carroções de Frederick chegariam e começariam a carregá-lo. Durante todo o período de sua aparente amizade com Pilkington, Napoleão na verdade mantivera conversações secretas com Frederick.

Todas as relações com Foxwood foram rompidas; mensagens insultuosas foram enviadas a Pilkington. Os pombos foram instruídos a evitar a Fazenda Pinchfield e alterar seu slogan de "Morte a Frederick" para "Morte a Pilkington". Ao mesmo tempo, Napoleão assegurou aos animais que as histórias de um ataque iminente à Fazenda dos Bichos eram completamente falsas e que os relatos sobre a crueldade de Frederick com seus próprios animais eram um grande exagero. Todos esses rumores provavelmente partiram de Bola de Neve e seus agentes. Agora parecia que Bola de Neve não estava, afinal, se escondendo na Fazenda Pinchfield e, na verdade, nunca estivera lá em sua vida: diziam que ele levava uma vida de considerável luxo em Foxwood e, na realidade, era mantido por Pilkington havia anos.

Os porcos estavam em êxtase com a esperteza de Napoleão. Aparentando ser amigo de Pilkington, ele forçou Frederick a aumentar seu preço em doze libras. Mas a superioridade da mente de Napoleão, dizia Papudo, estava no fato de que ele não confiava em ninguém, nem mesmo em Frederick. Este queria pagar pela madeira com uma coisa chamada cheque, que, ao que parecia, era um pedaço de papel com a promessa de pagamento escrita nele. Mas Napoleão era inteligente demais para isso. Exigira o pagamento em notas de cinco libras, as quais deveriam ser entregues antes que a madeira fosse retirada. Frederick já havia pagado, e a soma foi suficiente para comprar o maquinário do moinho de vento.

Enquanto isso, a madeira estava sendo carregada a todo vapor. Quando a operação terminou, outra reunião especial foi realizada no celeiro para que os bichos inspecionassem as cédulas de Frederick. Sorrindo beatificamente e usando suas duas condecorações, Napoleão repousou em uma cama de palha no estrado, com o dinheiro próximo a si, disposto de maneira impecável sobre um prato de porcelana da cozinha da casa-grande. Os bichos passavam em fila lentamente, e cada um olhava o tempo que quisesse. E Cravo esticou o nariz para cheirar as notas, e as frágeis coisas brancas se mexeram e farfalharam com sua respiração.

Três dias depois, houve um rebuliço terrível. Whymper, com o rosto mortalmente pálido, veio correndo pela trilha em sua bicicleta, jogou-a no pátio e correu direto para a casa-grande. No momento seguinte, um abafado rugido de raiva soou dos aposentos de Napoleão. A notícia do que havia acontecido alastrou-se pela fazenda como um incêndio. As notas eram falsas! Frederick ficou com a madeira de graça!

Napoleão reuniu os bichos imediatamente e, com uma voz terrível, pronunciou a sentença de morte de Frederick. Disse que, quando capturado, Frederick deveria ser queimado vivo. Ao mesmo tempo, advertiu-os de que, depois desse ato traiçoeiro, o pior estaria por vir. Frederick e seus homens poderiam, a qualquer momento, realizar o tão esperado ataque. Sentinelas foram colocados em todos os cantos da fazenda. Além disso, quatro pombos foram enviados a Foxwood com uma mensagem conciliatória, que, esperava-se, pudesse restabelecer boas relações com Pilkington.

Na manhã seguinte, veio o ataque. Os bichos tomavam café da manhã quando os sentinelas chegaram correndo com o alerta de que Frederick e seus seguidores já tinham passado pela porteira. Corajosamente, os bichos avançaram para enfrentá-los, mas dessa vez não tiveram a vitória fácil que haviam obtido na Batalha do Estábulo. Eram quinze homens, com meia dúzia de espingardas, e abriram fogo assim que ficaram a cinquenta metros de distância. Os bichos não puderam enfrentar as terríveis explosões e os tiros e, apesar dos esforços de Napoleão e Cravo para reagrupá-los, logo foram rechaçados. Vários deles já estavam feridos. Refugiaram-se nas edificações da fazenda e espiaram cautelosamente pelas fendas e pelos nós da madeira. Toda a pastagem, incluindo o moinho de vento, estava nas mãos do inimigo. Nesse momento, até Napoleão parecia perdido. Andava de um lado para o outro sem dizer uma palavra, a cauda enrijecida e crispada. Olhares ávidos eram lançados na direção de Foxwood. Se Pilkington e seus homens os ajudassem, o dia ainda poderia ser ganho. Mas então os quatro pombos, que haviam sido enviados no dia anterior, retornaram, um deles trazendo um pedaço de papel de Pilkington. Nele estavam escritas as palavras: "Bem feito para você".

Enquanto isso, Frederick e seus homens pararam perto do moinho de vento. Os bichos os observaram, e um murmúrio de horror se espalhou. Dois dos homens exibiram um pé de cabra e uma marreta. Derrubariam o moinho de vento.

— Impossível! — exclamou Napoleão. — Construímos paredes grossas demais para isso. Eles não conseguiriam derrubá-las nem em uma semana. Coragem, camaradas!

Mas Benjamin observava com atenção os movimentos dos homens. Os dois com a marreta e o pé de cabra faziam um buraco perto da base do moinho de vento. Lentamente, e quase com um ar de quem estava se divertindo, Benjamin fez um sinal com o comprido focinho.

— Foi o que pensei — disse ele. — Você não vê o que eles estão fazendo? Daqui a pouco vão colocar explosivos naquele buraco.

Aterrorizados, os bichos esperaram. Era impossível agora aventurar-se fora do abrigo das edificações. Depois de alguns minutos, os homens foram vistos correndo em todas as direções. Então houve um estrondo ensurdecedor. Os pombos giraram no ar e todos os bichos, exceto Napoleão, se jogaram de barriga para baixo e protegeram a face. Quando tornaram a se levantar, uma enorme nuvem de fumaça preta pairava sobre o local onde o moinho de vento estava. Devagar, a brisa a afastou. O moinho de vento havia desaparecido!

Diante da cena, a coragem ressurgiu dentro deles. O medo e o desespero que sentiram um momento antes foram reprimidos pela raiva contra aquele ato vil e desprezível. Um poderoso brado de vingança elevou-se e, sem esperarem por novas ordens, arremeteram juntos rumo ao inimigo. Dessa vez, não prestaram atenção nos projéteis cruéis que os atingiam como granizo. Foi uma batalha selvagem e amarga. Os homens atiravam sem parar e, quando os bichos já estavam bem próximos, atacaram com seus bastões e botas pesadas. Uma vaca, três ovelhas e dois gansos foram mortos e quase todos ficaram feridos. Até Napoleão, que comandava as operações da retaguarda, teve a ponta da cauda escoriada por um tiro. Mas os homens também não saíram ilesos. Três deles tiveram a cabeça destruída por golpes de cascos de Cravo, outro foi ferido na barriga por um chifre de vaca, outro teve as calças quase arrancadas por

Jessie e Florzinha. E quando os nove cães da escolta de Napoleão, a quem ele havia instruído a fazer um desvio sob a cobertura da cerca viva, apareceram de repente no flanco dos homens, latindo ferozmente, o pânico os dominou. Perceberam que poderiam ser cercados. Frederick gritou para seus homens saírem enquanto a passagem ainda estava livre e, no momento seguinte, o inimigo covarde já corria para se salvar. Os bichos os perseguiram até o fim do campo e desferiram neles alguns últimos coices enquanto os inimigos abriam caminho através da sebe de espinhos.

Tinham vencido, mas estavam cansados e sangrando. Lentamente, começaram a mancar de volta para a fazenda. A visão de seus camaradas mortos estendidos na grama levou alguns deles às lágrimas. E, por um momento, pararam em um triste silêncio diante do lugar onde o moinho de vento estivera. Sim, estava acabado; quase o último vestígio de seu trabalho havia desaparecido! Até as fundações foram em parte destruídas. E, dessa vez, não poderiam fazer uso das pedras caídas como antes. Dessa vez, elas também desapareceram. A força da explosão as lançou a centenas de metros. Era como se o moinho de vento nunca tivesse existido.

Ao se aproximarem da fazenda, Papudo, que inexplicavelmente estivera ausente da luta, veio saltitando na direção deles, balançando a cauda e sorrindo de satisfação. E os bichos ouviram o estrondo solene de uma arma, que partiu das edificações.

— Para que estão disparando essa arma? — perguntou Cravo.

— Para celebrar nossa vitória! — gritou Papudo.

— Que vitória? — questionou Cravo. Seus joelhos sangravam, ele havia perdido uma ferradura e rachado o casco, e uma dúzia de projéteis se alojara em sua pata traseira.

— "Que vitória", camarada? Não expulsamos o inimigo de nosso solo, o solo sagrado da Fazenda dos Bichos?

— Mas eles destruíram o moinho de vento. E tínhamos trabalhado nisso por dois anos!

— O que importa? Construiremos outro moinho de vento. Vamos construir seis moinhos de vento se quisermos. Você não percebe, camarada, a coisa poderosa que fizemos. O inimigo ocupava exatamente este terreno em que estamos. E agora, graças à liderança do camarada Napoleão, conquistamos cada centímetro de volta outra vez!

— Então recuperamos o que já tínhamos antes — disse Cravo.

— Essa é a nossa vitória — disse Papudo.

Eles mancaram até o pátio. Os projéteis sob a pele da pata de Cravo latejavam dolorosamente. Ele viu diante de si o árduo trabalho de reconstrução do moinho de vento desde as fundações e, já em pensamento, preparou-se para a tarefa. Mas, pela primeira vez, ocorreu-lhe que tinha onze anos e que talvez seus grandes músculos não fossem mais os mesmos de outrora.

Contudo, quando os bichos viram a bandeira verde hasteada, e ouviram a arma disparar novamente — sete vezes ao todo —, e escutaram o discurso que Napoleão fez, parabenizando-os por sua conduta, pareceu-lhes afinal que haviam conquistado uma grande vitória. Os bichos mortos na batalha tiveram um funeral solene. Cravo e Canela puxaram a carroça que servia de carro funerário, e o próprio Napoleão caminhou à frente do cortejo. Dois dias inteiros foram dedicados às celebrações. Houve canções, discursos e mais tiros de espingarda, e um presente especial de uma maçã foi concedido a cada bicho, cinquenta gramas de milho a cada pássaro e três biscoitos a cada cachorro. Anunciou-se que a batalha seria chamada de "Batalha do Moinho de Vento", e que Napoleão havia criado uma nova condecoração, a "Ordem da Bandeira Verde", que conferiu a si mesmo. Para alegria geral, o infeliz caso das cédulas foi esquecido.

Poucos dias depois, os porcos encontraram uma caixa de uísque na adega da casa-grande. Passara despercebida quando da primeira ocupação. Naquela noite, veio de lá o som de uma cantoria alta, na qual, para surpresa de todos, as notas de "Bichos da Inglaterra" foram confundidas. Por volta das nove e meia, Napoleão, usando um velho chapéu-coco do sr. Jones, foi claramente avistado surgindo pela porta dos fundos, dando um rápido galope em torno do pátio e desaparecendo pela porta outra vez. Mas pela manhã um profundo silêncio pairou sobre a casa-grande. Nenhum porco parecia estar acordado. Eram quase nove horas quando Papudo apareceu, andando devagar e desanimado, os olhos opacos, a cauda pendendo flácida atrás de si, e com aspecto de quem estava gravemente doente. Reuniu os bichos e disse-lhes que tinha uma notícia terrível para dar. O camarada Napoleão estava morrendo!

Ouviu-se um grito de lamentação. A palha foi colocada do lado de fora da casa-grande, e os bichos andavam na ponta dos pés. Com os olhos cheios de lágrimas, perguntavam-se uns aos outros o que fariam se seu Líder lhes fosse tomado. Circulou o boato de que Bola de Neve havia, afinal, colocado veneno na comida de Napoleão. Às onze horas, Papudo saiu para fazer outro anúncio. Como seu último ato na terra, o camarada Napoleão pronunciara um decreto solene: o consumo de álcool seria punido com a morte.

À noite, entretanto, Napoleão parecia um pouco melhor, e na manhã seguinte Papudo anunciou que ele estava se recuperando bem. Naquela noite, Napoleão voltou ao trabalho e, no outro dia, soube-se que ele instruíra Whymper a comprar em Willingdon alguns livretos sobre fermentação e destilação. Uma semana depois, Napoleão deu ordens para que arassem o pequeno cercado atrás do pomar, que antes se pretendia separar como pasto para os bichos incapazes de trabalhar. Foi divulgado que a pastagem estava exauri-

A REVOLUÇÃO DOS BICHOS 97

da e precisava ser semeada de novo, mas logo se soube que Napoleão pretendia semeá-la com cevada.

Mais ou menos nessa época, ocorreu um estranho incidente que quase ninguém entendeu. Uma noite, por volta da meia-noite, ouviu-se um forte estrondo no pátio, e os bichos correram para fora de suas baias. Era uma noite de luar. Aos pés da parede do fundo do grande celeiro, onde os Sete Mandamentos foram escritos, via-se uma escada quebrada em dois pedaços. Papudo, meio atordoado, estava estatelado a seu lado, e perto dele havia um lampião, um pincel e um pote de tinta branca virado. Os cães imediatamente formaram um círculo ao redor de Papudo e o acompanharam de volta à casa-grande assim que ele conseguiu andar. Nenhum dos bichos tinha a menor ideia do que isso significava, exceto o velho Benjamin, que fez sinal com o focinho demonstrando entendimento, e pareceu compreender, mas nada disse.

Contudo, alguns dias mais tarde, Muriel, lendo os Sete Mandamentos, notou que havia outro que os bichos se lembravam errado. Eles pensavam que o Quinto Mandamento era "Nenhum bicho beberá álcool", mas havia duas palavras que eles tinham esquecido. Na verdade, o Mandamento dizia: "Nenhum bicho beberá álcool *em excesso*".

CAPÍTULO 9

A RACHADURA NO CASCO de Cravo demorou muito para melhorar. Eles haviam começado a reconstrução do moinho de vento um dia depois de terminadas as comemorações da vitória. Cravo recusou-se a tirar uma folga do trabalho e fez questão de não deixar transparecer a dor que sentia. À noite, admitia em particular para Canela que o casco o incomodava muito. Canela tratou o casco com cataplasmas que preparava mastigando ervas, e tanto ela quanto Benjamin incentivaram Cravo a trabalhar menos.

— Os pulmões de um cavalo não duram para sempre — disse ela.

Mas Cravo não lhe dava ouvidos. Ele tinha, como contou, apenas uma ambição real: ver o moinho de vento concluído antes que atingisse a idade de se aposentar.

No início, quando as leis da Fazenda dos Bichos foram elaboradas, a idade de aposentadoria foi fixada para cavalos e porcos aos doze anos, para vacas aos catorze, para cães aos nove, para ovelhas aos sete e para galinhas e gansos aos cinco. Definiram-se generosas pensões para os que chegassem à velhice. Até então nenhum bicho havia se aposentado de fato, mas ultimamente o assunto vinha sendo cada vez mais discutido. Agora que o pequeno campo além do pomar fora reservado para a cevada, corria o boato de que um grande espaço do pasto deveria ser cercado e transformado num lugar para os animais mais velhos. Para um cavalo, dizia-se, a pensão seria de dois quilos e meio de milho por dia e, no inverno, sete quilos de feno, com uma cenoura ou talvez uma maçã nos feriados. O décimo segundo aniversário de Cravo aconteceria no final do verão do ano seguinte.

A vida estava difícil. Aquele inverno foi tão frio quanto o anterior, e havia cada vez menos comida. Novamente, todas as rações foram reduzidas, exceto as dos porcos e as dos cães. Uma rigidez excessiva na divisão das rações, explicou Papudo, teria ido contra os princípios do Animalismo. Em todo caso, ele não teve dificuldade em provar aos outros bichos que *não* faltava comida, quaisquer que fossem as aparências. Por ora, certamente, considerou-se necessário fazer uma adequação das rações (Papudo sempre falava do assunto como uma "adequação", nunca como uma "redução"), mas, em comparação com os tempos de Jones, a melhoria fora enorme. Lendo os números depressa e com uma voz estridente, provou a eles, em detalhes, que tinham mais aveia, mais feno, mais nabos do que na época de Jones, que trabalhavam menos horas, que sua água potável era de melhor qualidade, que viviam mais, que uma proporção maior de seus filhos sobrevivia à infância, que tinham mais palha em suas baias e sofriam menos com pulgas. Os bichos acreditaram em cada palavra. A bem da verdade, Jones e tudo o que ele representava quase desapareceram de suas lembranças. Sabiam que a vida era dura, que muitas vezes sentiam frio e fome, e que sempre estavam trabalhando quando não estavam dormindo. Mas sem dúvida fora pior nos velhos tempos. Eles gostavam de acreditar nisso. Ademais, naquela época tinham sido escravos e agora eram livres, o que fazia toda a diferença, como Papudo não se cansava de frisar.

Havia agora muito mais bocas para alimentar. No outono, as quatro porcas deram cria quase ao mesmo tempo, trazendo ao mundo trinta e um porquinhos ao todo. Os jovens porcos eram malhados e, como Napoleão era o único varrão da fazenda, era possível adivinhar sua linhagem. Foi anunciado que mais tarde, quando os tijolos e a madeira fossem comprados, uma sala de aula seria construída no jardim da casa-grande. Por enquanto, os jovens porcos eram educados pelo próprio Napoleão na cozinha. Faziam exercícios no jardim e eram aconselhados a não brincar com os filhotes de outros bichos. Nessa época, também foi estabelecido como regra que, quando um porco cruzasse com qualquer outro bicho pelo caminho, o outro deveria lhe dar passagem; e também que todos os porcos, de qualquer nível hierárquico, deveriam ter o privilégio de usar fitas verdes na cauda aos domingos.

A fazenda tivera um ano de ótimos resultados, mas ainda faltava dinheiro. Era preciso comprar tijolos, areia e cal para a construção da sala de aula, e seria necessário começar a economizar outra vez para o maquinário do moinho. Também careciam de óleo de lamparina e velas para a casa, açúcar para a mesa de Napoleão (artigo que ele proibia aos outros porcos sob a alegação de que os engordava) e todos os suprimentos habituais, como ferramentas, pregos, barbante, carvão, arame, sucata e biscoitos para cães. Uma meda de feno e parte da safra de batata foram vendidas, e o contrato de ovos foi aumentado para seiscentos por semana, de modo que, naquele ano, as galinhas mal chocaram pintinhos o suficiente para manter sua população. As rações, que diminuíram em dezembro, foram reduzidas novamente em fevereiro, e proibiram-se os lampiões nos estábulos para economizar óleo. Os porcos, porém, pareciam confortáveis o bastante e, de fato, vinham ganhando peso. Uma tarde, no final de fevereiro, um aroma cálido, rico e apetitoso, como os bichos nunca haviam sentido, espalhou-se pelo pátio vindo da pequena cervejaria, que não era usada na época de Jones e ficava atrás da cozinha. Alguém disse que era cheiro de cevada cozida. Os bichos farejaram o ar esfomeados e se perguntaram se um purê quente estava sendo preparado para o jantar. Mas nenhum purê quente apareceu, e no domingo seguinte foi anunciado que a partir de então toda a cevada seria reservada para os porcos. O campo além do pomar já havia sido semeado com cevada. E logo vazou a notícia de que cada porco agora recebia uma ração de meio litro de cerveja por dia, e dois litros para o próprio Napoleão, os quais sempre lhe eram servidos na luxuosa sopeira de porcelana.

No entanto, se existiam dificuldades a suportar, eram parcialmente compensadas pelo fato de viverem com mais dignidade do que antes. Havia mais canções, mais discursos, mais procissões. Napoleão ordenou que uma vez por semana fosse realizada uma coisa chamada Manifestação Espontânea, cujo objetivo era celebrar as lutas e os triunfos da Fazenda dos Bichos. Na hora marcada, eles deixavam o trabalho e marchavam em volta do recinto da fazenda em formação militar, os porcos na dianteira, depois os cavalos, seguidos pelas vacas, logo atrás as ovelhas e, por último, as aves. Os cães flanqueavam a procissão e, à frente de todos, marchava o galo preto de Napoleão. Cravo e Canela sempre carregavam entre eles uma bandeira verde estampada com o casco e o chifre e com o lema "Viva o camarada Napoleão!". Depois, houve declamação de poemas compostos em homenagem a Napoleão e um discurso de Papudo com detalhes sobre os últimos aumentos na produção de alimentos, e, ocasionalmente, disparava-se um tiro de espingarda. As ovelhas eram as maiores devotas da Manifestação Espontânea, e se alguém reclamasse (como alguns bichos às vezes faziam quando não havia porcos ou cachorros por perto) de que aquilo era uma perda de tempo e obrigava os bichos a permanecer imóveis em pleno frio, elas se certificavam de calar o autor da queixa com um estrondoso balido de "Quatro pernas bom, duas pernas ruim!". Mas em geral os bichos gostavam dessas celebrações. Sentiam-se reconfortados pela lembrança de que, afinal, eram realmente seus próprios mestres e que o trabalho empreendido era em benefício deles mesmos. E assim, com as canções, as procissões, as listas de estatísticas de Papudo, o estrondo da espingarda, o canto do galo e o tremular da bandeira, conseguiam esquecer que a barriga estava vazia, pelo menos na maior parte do tempo.

Em abril, a Fazenda dos Bichos foi proclamada uma república, sendo necessário eleger um presidente. Existia apenas um candidato, Napoleão, que foi eleito por unanimidade. No mesmo dia, divulgou-se que novos documentos tinham sido descobertos, os quais revelavam mais detalhes sobre a cumplicidade de Bola de Neve para com Jones. Agora parecia que ele não havia, como os bichos imaginaram até então, apenas tentado conduzi-los à derrota na Batalha do Estábulo por meio de uma manobra, e sim lutado abertamente ao lado de Jones. Na verdade, fora ele o verdadeiro líder das forças humanas, e avançara para a batalha com as palavras "Viva a Humanidade!" em seus lábios. As feridas nas costas de Bola de Neve, que alguns bichos ainda lembravam ter visto, foram causadas pelos dentes de Napoleão.

No meio do verão, o corvo Moisés reapareceu de repente na fazenda, após uma ausência de vários anos. Praticamente não mudara, continuava sem trabalhar e falava da mesma forma de sempre sobre a Montanha de Açúcar. Empoleirava-se em um toco, batia as asas negras e falava por horas a quem quisesse ouvir.

— Lá em cima, camaradas — dizia ele solenemente, apontando para o céu com seu grande bico —, lá em cima, bem do outro lado daquela nuvem negra que vocês podem ver, lá está ela, a Montanha de Açúcar, aquele lugar feliz onde nós, pobres bichos, descansaremos para sempre desta nossa vida de trabalhos!

Até afirmou ter estado lá num dos voos mais altos e visto os intermináveis campos de trevo, além do bolo de linhaça e dos torrões de açúcar crescendo nas sebes. Vários dos bichos acreditaram nele. Sua vida agora, eles pensavam, era de fome e muito trabalho; não era justo que existisse um mundo melhor em outro lugar? Uma coisa difícil de definir era a atitude dos porcos em relação a Moisés. Todos afirmavam com certo desprezo que as histórias sobre a Montanha de Açúcar eram mentiras. No entanto, permitiam que ele ficasse na fazenda, sem trabalhar, e ainda tivesse direito a uma pequena dose de cerveja por dia.

Depois que seu casco sarou, Cravo deu mais duro do que nunca. Na verdade, todos os bichos trabalharam feito escravos naquele ano. Além das obras regulares da fazenda e da reconstrução do moinho de vento, ainda havia a escola dos jovens porcos, iniciada em março. Em alguns momentos, era difícil suportar as longas horas de lida com a pouca comida de que dispunham, mas Cravo nunca desanimou. Em nada do que dizia ou fazia se notava qualquer sinal de que sua força já não era mais a mesma. Apenas na aparência estava um pouco diferente; seu pelo estava menos brilhante do que de costume, e as grandes ancas pareciam ter encolhido. Os outros diziam "O Cravo vai melhorar quando a grama da primavera surgir", mas ela chegou e Cravo não melhorou. Às vezes, na encosta que levava ao topo da pedreira, quando ele apoiava seus músculos contra o peso de alguma grande rocha, parecia que nada o mantinha de pé exceto a vontade de continuar. Nesses momentos, seus lábios moviam-se como se dissessem: "Trabalharei ainda mais". Ele já não tinha voz. Novamente, Canela e Benjamin o alertaram para cuidar da saúde, mas Cravo não lhes deu atenção. Seu décimo segundo aniversário estava se aproximando. Ele não se importava com o que poderia acontecer, desde que um bom estoque de pedras fosse acumulado antes de sua aposentadoria.

Certa noite de verão, já tarde, correu pela fazenda um boato repentino de que algo havia acontecido com Cravo. Ele tinha saído sozinho para puxar um carregamento de pedras até o moinho de vento. E era verdade. Poucos minutos depois, dois pombos chegaram correndo com a notícia:

— O Cravo caiu! Está deitado de lado e não consegue se levantar!

Metade dos bichos da fazenda correu para a colina onde ficava o moinho de vento. Lá estava Cravo, entre as hastes da carroça, pescoço estirado, incapaz até de erguer a cabeça. Seus olhos estavam vidrados, os flancos, empapados de suor. Um fino fio de sangue escorria da boca. Canela ajoelhou-se a seu lado.

— Cravo! — ela gritou. — Você está bem?

— É meu pulmão — disse Cravo com a voz fraca. — Não importa. Acho que você conseguirá terminar o moinho de vento sem mim. Há um bom estoque de pedras acumuladas. De qualquer forma, eu só conseguiria trabalhar por mais um mês. Para dizer a verdade, estava ansioso por minha aposentadoria. E talvez, como Benjamin também está envelhecendo, eles o deixem se aposentar para me fazer companhia.

— Precisamos buscar ajuda agora mesmo — disse Canela. — Alguém vá correndo contar a Papudo o que aconteceu.

Todos os outros bichos correram imediatamente de volta à casa-grande para dar a notícia a Papudo. Restaram apenas Canela e Benjamin, que se deitou ao lado de Cravo e, sem nada dizer, afastou as moscas dele com sua longa cauda. Depois de cerca de quinze minutos, Papudo apareceu, cheio de compaixão e preocupação. Disse que o camarada Napoleão soube com a mais profunda aflição desse infortúnio que acontecera a um dos trabalhadores mais leais da fazenda e já estava tomando providências para enviar Cravo para tratar-se no hospital de Willingdon. Os bichos ficaram um pouco desconfortáveis com isso. Exceto Mollie e Bola de Neve, nenhum outro bicho havia saído da fazenda, e não gostavam de pensar em seu camarada doente nas mãos de humanos. No entanto, Papudo facilmente os convenceu de que o veterinário em Willingdon poderia tratar o caso de Cravo de maneira mais satisfatória do que eles seriam capazes de fazer na fazenda. E cerca de meia hora depois, quando Cravo estava um pouco melhor, conseguiu se levantar com certa dificuldade e voltou mancando para sua baia, onde Canela e Benjamin haviam lhe preparado uma boa cama de palha.

Pelos dois dias seguintes, Cravo permaneceu em sua baia. Os porcos mandaram um grande frasco de remédio cor-de-rosa que encontraram na caixa de medicamentos do banheiro, e Canela o administrou a Cravo duas vezes por dia após as refeições. À noite, ela ficava deitada em sua baia e conversava com ele, enquanto Benjamin afastava as moscas. Cravo confessou não estar triste com o que acontecera. Se tivesse uma boa recuperação, poderia viver mais três anos, e ansiava pelos dias de paz que passaria no canto do grande pasto. Seria a primeira vez que teria tempo para estudar e aprimorar seus conhecimentos. Disse que pretendia dedicar o resto de sua vida a aprender as restantes vinte e duas letras do alfabeto.

No entanto, Benjamin e Canela só podiam estar com Cravo depois do expediente, e foi no meio do dia que um carroção veio buscá-lo. Os bichos estavam todos trabalhando na colheita de nabos, sob a supervisão de um porco, e ficaram atônitos ao ver Benjamin vindo a galope das edificações da fazenda e zurrando a plenos pulmões. Foi a primeira vez que viram Benjamin agitado — na verdade, foi a primeira vez que alguém o viu galopar.

— Rápido, rápido! — ele gritou. — Venham depressa! Estão levando o Cravo embora!

Sem esperar ordens do porco que os supervisionava, os bichos deixaram o trabalho e correram de volta para as edificações. De fato, lá estava um carroção, puxado por dois cavalos, com letras na lateral e um homem de aparência astuta e chapéu-coco sentado na boleia. E a baia de Cravo, vazia.

Os bichos se aglomeraram em volta do carroção.

— Até logo, Cravo! — disseram. — Até logo!

— Idiotas! Idiotas! — gritou Benjamin, empinando-se em volta deles e batendo na terra com seus pequenos cascos. — Idiotas! Vocês não veem o que está escrito ali ao lado?

Isso emudeceu os bichos. Muriel começou a soletrar as palavras. Mas Benjamin a empurrou para o lado e, em meio a um silêncio mortal, leu:

— "Alfred Simmons, abatedor de cavalos e fabricante de cola, Willingdon. Comerciante de couro e farinha de ossos. Suprimentos para canis." Vocês não sabem o que isso significa? Estão levando o Cravo para o carniceiro!

Um grito de horror explodiu de todos os bichos. Nesse momento, o homem chicoteou seus cavalos, e a carroça saiu do pátio em trote acelerado. Todos os bichos o seguiram, gritando o mais alto que podiam. Canela forçou passagem até a dianteira. O carroção começou a ganhar velocidade. Canela tentou impulsionar seus fortes membros a galopar e alcançou um ritmo próximo disso.

— Cravo! — ela gritou. — Cravo! Cravo! Cravo! — E, bem nesse momento, como se tivesse ouvido o alvoroço lá fora, a fronte de Cravo, com a listra branca no nariz, apareceu na janelinha, na parte de trás da carroça.

— Cravo! — Canela berrou em tom aterrorizado. — Cravo! Saia! Saia rápido! Estão levando você para a morte!

Todos os bichos começaram a gritar:

— Saia daí, Cravo, saia daí!

Mas o carroção ganhava velocidade e já se afastava deles. Não podiam saber se Cravo entendera o que Canela havia dito. Mas um momento depois ele desapareceu da janela e ouviu-se uma tremendo barulheira de cascos vindo do interior da carroça. Estava tentando sair dali a qualquer custo. Houve um tempo em que alguns coices de Cravo teriam feito o carroção em pedaços. Mas pobre dele! Sua força o havia deixado, e em alguns momentos o som das batidas ficou mais fraco, até que sumiu. Em desespero, os bichos começaram a apelar para os dois cavalos que puxavam o carroção, para que o detivessem.

— Camaradas, camaradas! — gritaram. — Não levem um irmão de vocês para a morte!

Mas os brutamontes estúpidos, ignorantes demais para entender o que estava acontecendo, apenas abaixaram as orelhas e apertaram o passo. Cravo não tornou a aparecer na janela. Ocorreu a alguém adiantar-se e fechar a porteira à frente, mas era tarde demais. Logo o carroção passou por ela e desapareceu rapidamente na estrada. Cravo nunca mais foi visto.

Três dias depois, chegou a notícia de que ele morrera no hospital de Willingdon, apesar de receber toda a atenção que se poderia dispensar a um cavalo. Papudo anunciou aos demais o ocorrido. Disse ter presenciado as últimas horas de Cravo.

— Foi a cena mais comovente que já vi! — disse Papudo, erguendo a pata e enxugando uma lágrima. — Eu estava ao lado do seu leito de morte. E no final, quase fraco demais para falar, sussurrou em meu ouvido que sua única tristeza era partir antes que o moinho estivesse pronto. "Avante, camaradas!", ele sussurrou. "Avante em nome da Rebelião. Viva a Fazenda dos Bichos! Viva o camarada Napoleão! Napoleão tem sempre razão." Essas foram suas últimas palavras, camaradas.

Depois, o comportamento de Papudo mudou repentinamente. Fez silêncio por um momento, e seus olhinhos correram com desconfiança de um lado para o outro antes que ele prosseguisse.

Chegara a seu conhecimento, disse ele, que um boato idiota e perverso havia circulado no momento da remoção de Cravo. Alguns dos bichos notaram que, no carroção que o levava, estava escrito "Abatedor de cavalos", e deduziram mesmo que Cravo estava sendo mandado para o matadouro. Era quase inacreditável, disse Papudo, que um bicho pudesse ser tão estúpido. Certamente, gritou indignado, sacudindo a cauda e pulando de um lado para o outro, certamente conheciam seu amado Líder, o camarada Napoleão, não? Mas a explicação era de fato muito simples. A carroça havia sido propriedade do carniceiro e depois fora comprada pelo veterinário, que ainda não havia substituído o antigo nome. Foi assim que o engano surgiu.

Os bichos ficaram imensamente aliviados ao ouvir a explicação. E conforme Papudo seguiu dando mais detalhes do leito de morte de Cravo, do admirável cuidado que ele recebeu e dos medicamentos caros pelos quais Napoleão pagou sem considerar o custo, suas últimas dúvidas desapareceram, e a tristeza que sentiam pela morte do camarada foi temperada pelo pensamento de que pelo menos ele havia morrido feliz.

O próprio Napoleão apareceu na reunião na manhã do domingo seguinte e pronunciou um breve discurso em homenagem a Cravo. Disse que não fora possível trazer de volta os restos mortais de seu finado camarada para sepultamento na fazenda, mas ordenara que uma grande coroa fosse feita com os louros do jardim da casa-grande e enviada para ser depositada no túmulo de Cravo. E, dentro de alguns dias, os porcos pretendiam realizar um banquete memorial em homenagem a ele. Napoleão terminou seu discurso lembrando as duas máximas favoritas de Cravo, "Trabalharei ainda mais" e "O camarada Napoleão tem sempre razão", lemas que, segundo ele, todo bicho faria bem em adotar.

No dia marcado para o banquete, a carroça de uma mercearia de Willingdon entregou na casa-grande uma enorme caixa de madeira. Naquela noite, ouviu-se uma cantoria ruidosa, que foi seguida pelo que parecia uma discussão violenta e terminou por volta das onze horas com um estrondo de vidro se quebrando. No dia seguinte, não houve nenhuma movimentação na casa-grande antes do meio-dia, e correu o boato de que os porcos tinham conseguido, não se sabe como, dinheiro para comprar outra caixa de uísque.

CAPÍTULO 10

ANOS SE PASSARAM. AS estações iam e vinham, a curta vida dos bichos se consumia. Chegou um momento em que não havia ninguém que se lembrasse dos velhos tempos antes da Rebelião, exceto Canela, Benjamin, o corvo Moisés e alguns porcos.

Muriel estava morta; Florzinha, Jessie e Miúdo estavam mortos. Jones também se fora — morrera num lar para tratamento de alcoólatras em outra parte do condado. Bola de Neve fora esquecido. Cravo também, exceto pelos poucos remanescentes que o conheceram. Canela agora era uma égua velha e robusta, com as juntas enrijecidas e propensa a desenvolver catarata. Tinha passado da idade da aposentadoria fazia dois anos, mas na verdade nenhum bicho jamais havia se aposentado. A conversa sobre separar um canto do pasto para os bichos idosos fora abandonada muito tempo atrás. Napoleão era agora um varrão adulto de cerca de cento e cinquenta quilos. Papudo estava tão gordo que quase não conseguia abrir os olhos. Só o velho Benjamin continuava o mesmo de sempre, exceto pelo focinho um pouco mais grisalho e, desde a morte de Cravo, mais tristonho e taciturno do que nunca.

Havia bem mais criaturas na fazenda agora, embora o aumento não fosse tão grande como se esperava no passado. Muitos bichos nasceram — e, para eles, a Rebelião era apenas uma tradição vaga, transmitida de boca em boca —, e outros foram comprados, sem nunca terem ouvido menção nenhuma ao fato até lá chegarem. A fazenda possuía três cavalos agora além de Canela. Eram bichos excelentes, trabalhadores incansáveis e bons camaradas, mas bastante estúpidos. Nenhum deles mostrou-se capaz de aprender o alfabeto além da letra B. Aceitavam tudo o que lhes era dito sobre a Rebelião e os princípios do Animalismo, especialmente por Canela, por quem mantinham um respeito quase filial, mas não se sabia ao certo se entendiam o que aquilo significava.

A fazenda agora era mais próspera e mais bem organizada — chegara mesmo a ser ampliada em dois campos, que haviam sido comprados do sr. Pilkington. O moinho de vento fora por fim concluído com sucesso; a fazenda possuía uma debulhadora e um elevador de feno próprios, e várias edificações novas foram acrescentadas à propriedade. Whymper comprou uma charrete para si. O moinho de vento, no entanto, não tinha sido usado, afinal, para gerar energia elétrica. Era utilizado para moer milho e proporcionava um belo lucro. Os bichos estavam trabalhando arduamente na construção de outro moinho de vento. Diziam que, quando esse estivesse pronto, os dínamos seriam instalados. Mas, sobre aqueles luxos com os quais outrora Bola de Neve ensinara os bichos a sonhar, as baias com luz elétrica, a água quente e fria e a semana de três dias, nada mais se falava. Napoleão havia denunciado essas ideias como contrárias ao espírito do Animalismo. A verdadeira felicidade, dizia, consiste em trabalhar bastante e viver frugalmente.

De alguma forma, parecia que a fazenda tinha ficado mais rica sem enriquecer os próprios bichos — exceto, é claro, os porcos e os cães. Talvez isso se devesse, em parte, ao fato de existirem por lá tantos porcos e tantos cachorros. Não que essas criaturas não trabalhassem à sua maneira. Como Papudo nunca se cansava de explicar, havia um trabalho interminável na supervisão e organização da fazenda. Muito desse trabalho apresentava características tais que os outros bichos eram ignorantes demais para entender. Por exemplo, Papudo lhes disse que os porcos tinham de envidar enormes esforços todos os dias em coisas misteriosas chamadas "arquivos", "relatórios", "minutas" e "memorandos". Tratava-se de grandes folhas de papel que precisavam ser bem cobertas com escrita e, logo depois, queimadas na fornalha. Isso era da maior importância para o bem-estar da fazenda, disse Papudo. Mesmo assim, nem porcos nem cães produziram nenhum alimento com seu trabalho; e eram muitos, sempre com um grande apetite.

Quanto aos outros, sua vida, pelo que sabiam, continuava como sempre fora. Geralmente passavam fome, dormiam na palha, bebiam água no açude, trabalhavam no campo; no inverno, sofriam com o frio e, no verão, com as moscas. Às vezes, os mais velhos entre eles reviravam suas lembranças obscuras e tentavam determinar se nos primeiros dias da Rebelião, quando a expulsão de Jones ainda era recente, as coisas estavam melhores ou piores do que agora. Mas não conseguiam lembrar. Não havia nada com que pudessem comparar sua vida atual: não tinham nada em que se basear, exceto as listas de estatísticas de Papudo, que invariavelmente demonstravam que tudo estava ficando cada vez melhor. Os bichos achavam o problema insolúvel; em todo caso, dispunham de pouco tempo para especular sobre essas coisas agora. Só o velho Benjamin professava lembrar-se de cada detalhe de sua longa vida e saber que as coisas nunca haviam sido, nem poderiam ser, muito melhores ou muito piores: a fome, as privações e a decepção eram, dizia ele, a lei inalterável da vida.

E ainda assim os bichos nunca perderam a esperança. Mais ainda, nunca perderam, nem por um instante, seu senso de honra e privilégio por serem membros da Fazenda dos Bichos. Permanecia sendo a única fazenda em todo o condado — em toda a Inglaterra! — que pertencia a bichos e era por eles conduzida. Nenhum, nem o mais jovem, nem mesmo os recém-chegados trazidos de fazendas a quinze ou trinta quilômetros de distância, jamais deixaram de maravilhar-se com isso. E quando ouviam o tiro de espingarda e viam a bandeira verde tremulando no mastro, o coração de cada um deles se enchia de um orgulho perene, e a conversa passava a girar sempre em torno dos velhos tempos heroicos, da expulsão de Jones, da redação dos Sete Mandamentos e das grandes batalhas em que os invasores humanos foram derrotados. Nenhum dos velhos sonhos fora abandonado. Ainda se acreditava na República dos Bichos profetizada pelo Major, quando os campos verdes da Inglaterra não mais seriam pisados por pés humanos. Algum dia ela chegaria: poderia não ser logo, poderia não ser sequer durante a vida de nenhum bicho então vivo, mas ainda assim chegaria. Mesmo a melodia de "Bichos da Inglaterra" talvez fosse cantarolada secretamente aqui e ali — de qualquer forma, era um fato que todos os bichos da fazenda a conheciam, embora ninguém ousasse entoá-la em voz alta. Talvez a vida deles tenha sido difícil e nem todas as suas esperanças tenham se concretizado, mas estavam cientes de que não eram como os outros bichos. Se passaram fome, não foi para alimentar humanos tirânicos; se trabalharam muito, pelo menos trabalharam para si próprios. Nenhuma criatura entre eles andava sobre duas pernas. Nenhuma criatura chamava outra de "Dono". Todos os bichos eram iguais.

Um dia, no início do verão, Papudo ordenou que as ovelhas o seguissem e as conduziu até um terreno baldio na outra extremidade da fazenda, que estava coberto de mudas de bétula. As ovelhas passaram o dia inteiro lá roendo as brotações sob a supervisão de Papudo. À noite, ele voltou para a casa-grande, mas, como o tempo estava quente, disse às ovelhas que ficassem onde estavam. Acabou que permaneceram ali por uma semana inteira, durante a qual os outros bichos nem as viram. Papudo passava com elas a maior parte do dia. Ele estava, disse ele, ensinando-as a cantar uma nova canção, razão pela qual precisavam de privacidade.

Foi logo depois que as ovelhas voltaram, numa agradável noite em que os bichos terminaram o trabalho e retornavam para as instalações da fazenda, que um relincho apavorado ecoou no pátio. Assustados, os bichos pararam. Era a voz de Canela. Ela relinchou novamente, e todos os animais puseram-se a galopar e correram para o pátio. Então, viram o que Canela havia visto.

Um porco caminhava sobre as duas patas traseiras.

Sim, era Papudo. Um pouco desajeitado, como se não estivesse acostumado a sustentar o corpo naquela posição, mas em equilíbrio perfeito, ele caminhava pelo pátio. Momentos depois, saiu pela porta da casa uma longa fila de porcos, todos andando sobre as patas traseiras. Alguns faziam isso melhor do que outros, um ou dois estavam até um pouco instáveis e talvez apreciassem o apoio de uma bengala, mas cada um deles concluiu a volta no pátio com sucesso. E por fim houve um latido tremendo de cães e um grasnado estridente do galo preto, e o próprio Napoleão saiu, majestosamente ereto, lançando olhares altivos de um lado para o outro, com os cães saltitando ao seu redor.

Ele trazia um chicote nas patas.

Houve um silêncio mortal. Espantados, apavorados, apinhados, os bichos observavam a longa fila de porcos marchando lentamente em torno do pátio. Foi como se o mundo tivesse virado de cabeça para baixo. Então sobreveio o momento em que o primeiro choque passou, e em que — apesar de tudo, apesar do terror dos cães e do hábito, desenvolvido ao longo dos anos, de nunca reclamar, nunca criticar, não importava o que acontecesse — eles poderiam lançar alguma palavra de protesto. Mas bem naquele momento, como se obedecessem a um sinal, todas as ovelhas explodiram em um tremendo balido:

— Quatro pernas bom, duas pernas *melhor*! Quatro pernas bom, duas pernas *melhor*! Quatro pernas bom, duas pernas *melhor*!

Baliram por cinco minutos sem parar. E quando as ovelhas se acalmaram, a chance de proferir qualquer palavra de protesto já havia passado, pois os porcos marcharam de volta para a casa-grande.

Benjamin sentiu um focinho esfregar seu ombro. Olhou para trás. Era Canela. Seus velhos olhos pareciam mais turvos que nunca. Sem dizer nada, ela o puxou suavemente pela crina e o levou até o final do grande celeiro, onde os Sete Mandamentos foram escritos. Por um minuto ou dois, ficaram olhando para a parede alcatroada com o enorme letreiro branco.

— Minha visão está falhando — disse ela, por fim. — Mesmo jovem, não conseguia ler o que estava escrito ali. Mas me parece agora que essa parede está diferente. Os Sete Mandamentos são os mesmos de antes, Benjamin?

Pela primeira vez Benjamin consentiu em quebrar sua regra e leu para ela o que estava escrito na parede. Não havia nada lá agora, exceto um único mandamento. Dizia:

TODOS OS ANIMAIS SÃO IGUAIS,
MAS ALGUNS ANIMAIS SÃO MAIS IGUAIS QUE OUTROS.

Depois disso, não foi de estranhar que, no dia seguinte, os porcos que supervisionavam o trabalho da fazenda passassem a andar com chicotes nas patas. Não parecia estranho saber que os porcos haviam comprado um aparelho de rádio, que planejavam instalar um telefone e tinham contratado assinaturas dos periódicos *John Bull, Tit-Bits* e *Daily Mirror*. Não estranharam quando Napoleão foi visto passeando no jardim da casa-grande com um cachimbo na boca, não, nem mesmo quando os porcos se apropriaram das roupas do sr. Jones que encontraram no guarda-roupa e as vestiram, o próprio Napoleão aparecendo com um casaco preto, calças de caçador e perneiras de couro, enquanto sua porca favorita surgia no vestido de seda que a sra. Jones costumava usar aos domingos.

Uma semana depois, à tarde, várias charretes foram avistadas subindo rumo à fazenda. Uma delegação de agricultores vizinhos tinha sido convidada a fazer uma visita de inspeção. Foram levados para conhecer a fazenda inteira e expressaram enorme admiração por tudo o que viram, em especial pelo moinho de vento. Os bichos estavam limpando o campo de nabos. Trabalhavam diligentemente, mal erguendo a cabeça, sem saber se sentiam mais medo dos porcos ou dos visitantes humanos.

Naquela noite, gargalhadas altas e explosões de cantoria vieram da casa-grande. E, de repente, ao som das vozes entremeadas, os bichos foram tomados de curiosidade. O que poderia estar acontecendo ali, agora que, pela primeira vez, bichos e humanos se encontravam em igualdade de condições? De comum acordo, começaram a caminhar o mais silenciosamente possível para o jardim da casa-grande.

No portão se detiveram, com receio de continuar, mas Canela abriu caminho. Foram na ponta dos pés até a casa, e os bichos que eram altos o suficiente espreitaram pela janela da sala de jantar. Ali, em volta da longa mesa, sentavam-se meia dúzia de fazendeiros e meia dúzia dos porcos mais eminentes, com o próprio Napoleão ocupando o lugar de honra à cabeceira da mesa. Os porcos pareciam completamente à vontade nas cadeiras. O grupo jogava cartas, mas interromperam a partida por alguns instantes, evidentemente para fazer um brinde. Um grande jarro circulava, e o tempo todo as canecas eram completadas com cerveja. Ninguém percebeu a expressão de perplexidade dos bichos que olhavam pela janela.

O sr. Pilkington, de Foxwood, levantou-se com a caneca na mão. Dentro de instantes, ele disse, conclamaria os presentes a um brinde. Mas, antes de fazê-lo, sentiu que cabia a ele dizer algumas palavras.

Contou que era motivo de grande satisfação, e tinha certeza de que falava pelos demais, sentir que o longo período de desconfiança e desentendimentos tinha chegado ao fim. Houve um tempo, e não que ele ou qualquer um dos presentes compartilhasse tais sentimentos, mas houve um tempo em que os respeitáveis proprietários da Fazenda dos Bichos eram considerados, ele não diria com hostilidade, mas talvez com certa apreensão por parte de seus vizinhos humanos. Incidentes infelizes ocorreram e ideias equivocadas circularam. Sentia-se que a existência de uma fazenda pertencente a porcos e por eles operada era de alguma forma anormal e poderia ter um efeito perturbador sobre a vizinhança. Muitos fazendeiros haviam acreditado, sem fazer as devidas verificações, que nessa fazenda prevaleceria o espírito de licenciosidade e indisciplina. Eles ficaram preocupados com os impactos sobre seus próprios animais, ou mesmo sobre seus empregados humanos. Mas todas essas dúvidas tinham sido dissipadas. Naquele dia, ele e seus amigos haviam visitado a Fazenda dos Bichos e inspecionado cada centímetro dela com os próprios olhos, e o que encontraram? Não apenas os métodos mais atualizados, mas uma disciplina e uma organização que deveriam servir de exemplo para todos os agricultores de toda parte. Acreditava estar certo ao dizer que os animais inferiores da Fazenda dos Bichos trabalhavam mais e recebiam menos comida do que qualquer animal do condado. Na verdade, ele e seus colegas de inspeção observaram muitos aspectos que pretendiam introduzir nas próprias fazendas imediatamente.

Acrescentou que encerraria sua fala enfatizando mais uma vez os sentimentos amigáveis que existiam, e deveriam subsistir, entre a Fazenda dos Bichos e seus vizinhos. Entre porcos e humanos não havia, nem precisava haver, nenhum conflito de interesses. Suas lutas e dificuldades eram uma só. O problema do trabalho não era o mesmo em todos os lugares? Ali ficara evidente que o sr. Pilkington estava prestes a dizer algumas palavras espirituosas cuidadosamente preparadas, mas, por um momento, foi dominado pela atmosfera festiva a ponto de ser incapaz de pronunciá-las. Depois de muito se engasgar, o que arroxeou seus vários queixos, conseguiu dizê-las:

— Se você tem seus bichos inferiores com quem lutar — disse ele —, nós temos nossas classes inferiores!

Esse *bon mot* casou furor na mesa, e o sr. Pilkington mais uma vez parabenizou os porcos pelas rações reduzidas, pelas longas horas de trabalho e pela ausência geral de tolerância que observara na Fazenda dos Bichos.

E agora, disse finalmente, convidava o grupo a levantar-se e certificar-se de que seus copos estavam cheios.

— Senhores — concluiu o sr. Pilkington —, senhores, faço um brinde: à prosperidade da Fazenda dos Bichos!

Houve saudações entusiasmadas e muitos aplausos. Napoleão ficou tão satisfeito que deixou seu lugar e deu a volta na mesa para brindar com o sr. Pilkington. Quando os aplausos cessaram, Napoleão, que permanecera de pé, deu a entender que também tinha algumas palavras a dizer.

Como todos os discursos de Napoleão, esse foi curto e direto ao ponto. Também, disse ele, estava feliz com o fim do período de mal-entendidos. Por muito tempo, houve rumores — inventados, acreditava ele, por algum inimigo maligno — de que existia algo subversivo e até revolucionário na visão dele e de seus colegas. Atribuiu-se a eles a tentativa de incitar a rebelião entre os bichos nas fazendas vizinhas. Nada poderia estar mais longe da verdade! Seu único desejo, agora e no passado, era viver em paz e em relações comerciais normais com seus vizinhos. Essa fazenda, que ele tinha a honra de administrar, acrescentou, era um empreendimento cooperativo. Os títulos de propriedade, que estavam em sua posse, conferiam-na a todos os porcos.

Não acreditava que ainda perdurassem quaisquer das velhas suspeitas, mas certas mudanças haviam sido feitas recentemente na rotina da propriedade, as quais deveriam ter o efeito de promover ainda mais a confiança. Até então, os bichos da fazenda tinham um costume bastante tolo de chamarem uns aos outros de "camarada". Isso deveria acabar. Havia também um hábito muito estranho, de origem desconhecida, de marchar todos os domingos de manhã diante de um crânio de porco pregado a um poste no jardim. Isso também acabaria, e o crânio já havia sido enterrado. Seus visitantes deviam ter observado ainda a bandeira verde que tremulava no mastro. Se assim fosse, talvez tivessem notado que o casco e o chifre brancos com os quais fora estampada haviam sido removidos. Seria uma bandeira verde simples de agora em diante.

Tinha apenas uma crítica, disse ele, a fazer ao excelente e amigável discurso do sr. Pilkington. O sr. Pilkington sempre se referiu à "Fazenda dos Bichos". É claro que ele não podia saber, pois ele, Napoleão, só agora o anunciava pela primeira vez, que o nome "Fazenda dos Bichos" havia sido abolido. Dali em diante, a fazenda seria conhecida como "Fazenda do Solar", que ele acreditava ser seu nome correto e original.

— Senhores — concluiu Napoleão —, vou erguer o mesmo brinde de antes, mas de uma forma diferente. Encham seus copos até a borda. Senhores, eis meu brinde: à prosperidade da Fazenda do Solar.

Ouviram-se os mesmos aplausos de antes, e as canecas foram totalmente esvaziadas. Mas, enquanto os bichos do lado de fora olhavam para a cena, parecia-lhes que algo estranho estava acontecendo. O que mudara no semblante dos porcos? Os velhos olhos embaçados de Canela passaram de um para o outro. Alguns tinham cinco queixos, alguns tinham quatro, alguns tinham três. Mas o que será que parecia misturá-los e modificá-los? Então, terminados os aplausos, o grupo voltou às cartas e retomou o jogo interrompido, e os bichos afastaram-se em silêncio.

Porém, não haviam se distanciado nem vinte metros quando pararam abruptamente. Uma balbúrdia de vozes vinha da casa-grande. Correram de volta e tornaram a olhar pela janela. Sim, uma disputa violenta estava em andamento. Houve clamores, socos na mesa, olhares penetrantes e desconfiados, furiosas negativas. Aparentemente, a raiz do problema era o fato de Napoleão e o sr. Pilkington terem jogado um ás de espadas ao mesmo tempo.

Doze vozes gritavam de raiva, e eram todas iguais. Não restavam dúvidas, agora, quanto ao que acontecera com o semblante dos porcos. As criaturas lá fora olhavam de porco para homem, de homem para porco, e de porco para homem novamente, mas era impossível distinguir quem era homem, quem era porco.

A PRIMEIRA METADE DO século XX foi atribulada por acontecimentos extraordinários, muitos deles descritos em primeira mão por George Orwell (1903–1950), hoje sinônimo de crítica social e oposição ao totalitarismo. Nascido Eric Arthur Blair em uma família inglesa de classe média alta, Orwell sempre teve um interesse especial pelas questões sociais e passou temporadas vivendo entre as camadas mais pobres de Paris e Londres, morando em albergues e fazendo trabalhos braçais, como lavar pratos. A experiência rendeu o livro *Na pior em Paris e Londres*, publicado em 1933.

De volta à capital britânica, trabalhou como professor e assistente de um sebo de livros e conheceu sua futura esposa, Eileen O'Shaughnessy. Em 1935, publicou *Dias na Birmânia*, inspirado em seus anos como membro da Polícia Imperial Indiana no país hoje conhecido como Mianmar. Uma viagem ao norte da Inglaterra foi a base para *O caminho para Wigan Pier* (1937), no qual discute as condições de vida da classe trabalhadora e desenvolve suas ideias sobre socialismo. Lutou na Guerra Civil Espanhola até 1937, quando uma bala atravessou sua garganta. Recuperado do ferimento, teve a primeira crise de tuberculose. A experiência no conflito cristalizou suas posições políticas e resultou no livro *Lutando na Espanha*, publicado em 1938.

Com a Segunda Guerra Mundial, passou a trabalhar para a BBC e outros veículos. Em 1944, o livro *A revolução dos bichos* estava pronto, mas diferentes editoras se recusaram a publicá-lo por ser um ataque direto ao regime soviético, então aliado vital na batalha contra a Alemanha. Em 1945, Orwell perdeu a esposa, Eileen, em uma cirurgia de rotina, e finalmente viu a publicação do livro. O sucesso chegou com uma piora na saúde. Ainda conseguiu escrever sua obra mais famosa, *1984*, entre períodos no sanatório. Mais de setenta anos depois de sua morte, sua obra segue assustadoramente atual e relevante.